COBALT-SERIES

破妖《はよう》の剣《つるぎ》外伝

紅《こう》琥《こ》珀《はく》

前田珠子

集英社

目次

紅琥珀《こうこはく》

妖主《ようしゅ》たち

金

王蜜《おうみつ》の妖主

ラスの父。最愛の妻を亡くして以来、姿を消す。

赤

柘榴《ざくろ》の妖主

クセ者ぞろいの妖主たちの中でもかなりの強者。

緑

翡翠《ひすい》の妖主

夢に通じる力を持つ。ラスによって滅ぼされる。

白

白焔《はくえん》の妖主（白煉《びゃくれん》）

熱に通じる力を持つ。一時期人間だった。

夫婦？

紫

紫紺《しこん》の妖主（藍絲《らんし》）

糸に通じる力を持つ。白煉に執着している。

第六の妖主（雛《ひな》の君）

緑の妖主の死により現れた新しい妖主なのだが…。

娘

息子

ラエスリール（ラス）

破妖刀「紅蓮姫《ぐれんき》」の使い手。半人半妖で魅了眼《みりょうがん》を持つ。不器用な性格。

懐いている

邪羅《じゃら》（ザハト）

妖主夫婦の息子《サラブレッド》で、ラスを姉のように慕《した》う。

破妖の剣 シリーズ紹介

創造神ガンダルの生み出した世界、ガンダル・アルス。複数の命と強大な力を持つ魔性たちに人々は脅かされていた。彼らに対抗できる力を持つ人間たち——封魔の力を持つ捕縛師、滅魔の剣に選ばれた破妖剣士、魔性を味方に引き入れる力を持つ魅縛師——が「浮城」に集い、魔性がらみの事件の解決に尽力していた。ラエスリールは、金の妖主を父に、かつて城長だった魅縛師を母に持つ少女。浮城屈指の破妖刀「紅蓮姫」に選ばれた彼女は、破妖剣士として著しい活躍をするが、闇主という謎の魔性に愛され翻弄され、魔性として生きることを選んだ弟・乱華には歪んだ執着心で追いかけられ、彼女にはなにかと切れぬ絆や因縁がつきまとうのだった。

度重なる死闘の末、遂に翡翠の妖主を滅ぼしたラスは、ある濡れ衣により「浮城」を追われる羽目に。父の配下の魔性に命を狙われ、元同僚である「紅蓮姫奪還チーム」に追われ、闇主とともに逃亡生活に入るのだが…!?

破妖の剣　人物相関図

親友
チェリク(リーク)
浮城の元城長で、伝説的魅縛師《みばくし》だが妖主と結婚。
夫婦
マンスラム
浮城の前城長。ラスを養女として育てた。
アーヴィヌス
現在の城長。かつては捕縛師《ほばくし》として活躍した。
息子
乱華《らんか》
(リーダイル)
ラスの弟。魔性として生きる超弩級のシスコン。
濫花《らんか》(リー)
ラスが拾った半人半妖の少年。乱華に酷似。
懐いている
護り手
闇主《あんしゅ》(千禍《せんか》)
ラスの護り手。壮絶な美しさと極悪非道な性格は魔性のなかでも群を抜く。
セスラン
捕縛師《ほばくし》。人あたりはいいが、実は食わせ者!?
サティン
面倒見のよい捕縛師《ほばくし》。ラスの姉のような存在。
彩糸《さいし》
リーヴシェランを溺愛する美しく聡明な護り手。
護り手
リーヴシェラン
琴の音を用いる魅縛師《みばくし》で、気の強い美少女。
いいかんじ?
浮城における
ラスの理解者たち

イラスト／小島　榊

紅琥珀《こうこはく》

プロローグ

夜の空が、曇《くも》ってもいないというのに赤黒く染まっていた。

火事ではない。

空気がそうではないことを知らせてくる。

木々が燃える臭《にお》いも気配《けはい》もない。生き物の灼《や》けるそれもない。

けれど――。

恐ろしいなにかが、空の向こうのその下で起こっていることを彼女は疑うまでもなく確信していた。

彼女に名はない。

持って生まれるそれよりも、今の在《あ》り方を選んだ時点で喪《うしな》われた。

名無しの樹妖《じゅよう》――それが今の彼女だった。

そのことを後悔したことはない。老いさらばえ、今にも死に絶えそうだった大樹の精霊に同情したわけでは決してないが、彼女から聞く人々の暮らしぶりは興味深く、それらをずっと見守り続けたいという老樹の末期《まつご》の願いを叶えてやる気になる程度には、彼女は老樹とその近隣に住む人間のことを気に入っていた。

すでに生まれていたのなら、違う決断を下していたかもしれない。

その頃彼女は凝《こご》る気の塊《かたまり》でありぼんやりとした意識しか保てぬ存在ではあったが、いずれ時が満ちれば真名《まな》を得、強大な力を有する存在として誕生することは決まっていた。

生まれることを待ち遠しく思ってくれているひともいた。

けれど――優しい老樹がついに命を終えるとき、望んだのは「これからもずっとこの優しく善良な者たちを見守っていきたい」ということ。

それを知ったとき、迷わず彼女は老樹に手を差し伸べたのだ。

そんな風《ふう》に誰かを大切に想うことなど自分にはないだろうと思えたので。自《みずか》らの中に眠る力がそれを悟らせたのだ。

自分のなかにあるのは圧倒的な力であると。

それを手にしたならば自分はきっと、その力に夢中になると。

溺《おぼ》れるのではない。酔うわけでもない。

それでも自分は力を手にした瞬間、それを効果的に使うことに全神経を集中し、まさにそれをなすだろう——老樹の願いとは真逆の破壊の方向に向けて。

それぐらいなら、老樹の願いをかなえてやるほうが、よほどましに思えたのだ。

死にかけの老樹に、未《いま》だ生まれていない自らの存在を重ねて——そして『樹妖』と呼ばれる存在に彼女はなった。

その選択を、時々訪れる風変わりな友人はことあるごとに非難したが、彼女は後悔することはなかった。

そう——今日この日までは。

空を染める赤い色——あれは絶対者が放つ力の残滓《ざんし》だ。黒い色彩は空に立ち上る黒煙のもの。深紅《しんく》の光がもたらした現実に、人間たちが混乱し自ら大火を生み出したのだ。

人間たちの命が消えていく。

だが、ここは大丈夫だ、と彼女は判断した。

距離は充分にある。深紅の力も黒煙を生み出す炎も、ここまでは届かない。

自分が守る村は大丈夫だ——そう思い、彼女はほっと安堵《あんど》の息をついた。そしてその安堵ゆえに彼女は好奇心に身を委《ゆだ》ねた……。

興味を惹《ひ》かれた深紅の力がなにをもたらしているのか、どうしても知りたくなったのだ。

知ることは簡単だった。力の主は気配を抑《おさ》えようともしていなかった。

それは、強大な……強大すぎる力の化身《けしん》。

深紅の闇《やみ》を身に纏《まと》い、他の何者にもかなわぬ力を楽しげに揮《ふる》っていた。

時間の加速——それにより、深紅の力に包まれた街に生きる者は悉《ことごと》く、その命を徐々《じょじょ》に否応《いやおう》なく死に向かわされる。老いた者には急速な死が、芽生《めば》えたばかりの命すらも遠くはない……一夜ほどの時の中での寿命が押しつけられる。

それは消滅ではない。生まれて生きて育むはずの時間を無理矢理に凝縮《ぎょうしゅく》され、何もなせぬままに消えていくのだ。

消滅させられることと結果は同じ『無』ではあるが、その違いはあまりに大きい。

そう……それは大きすぎる力だ。

なんという……。

樹妖たる彼女は思わず賛美の念を抱きそうになった。人間にとっては恐るべきその力は、しかし彼女にとっては甘美《かんび》で優美で魅力的なものでしかなかった。

しかもそれが、自分が『真名』を持って生まれようと、決して行使できぬ種類と規模の力の発露《はつろ》となれば陶然《とうぜん》ともなろうものだ。

何という……。

恐ろしくも魅惑《みわく》的な力であることか。

こんな力を持つ者がこの世に存在していたことこそが、彼女には奇跡に思えた。

ああ、本当に何という……。

心がざわめいた。

魂《たましい》とでも呼ぶべきものの奥底の琴線《きんせん》が、激しく揺さぶられるのを感じる。

彼女はこの瞬間、樹妖としての生を選んだことを一度だけ激しく悔《く》やんだ。

ただ一度だけの、しかし致命的な……絶対的な一瞬だった。

魅了《みりよう》される——この力に惹《ひ》かれる思いを止められない……！

これはなに？　これは誰？

この圧倒的で抗《あらが》うこともかなわぬ力で自分を惹きつけるこの……存在は⁉

この方は、誰……？

それは圧倒的な力を揮う存在に対して覚えた純粋な好奇心の生まれた刹那《せつな》。

それが彼女に想像もつかぬ変化をもたらすことになろうとは、その瞬間ですら計り知れぬことだった。

だが、事は起こってしまった。

彼女は力の主への関心を覚えてしまい、さらに知りたいという欲を抱いてしまった。

知りたい……そう彼女は思っただけだった。ただ遠方の地にあって時を加速させるなどという粗《あら》く乱暴に見えながら細心の注意を要する術を仕掛けた力の主のことを。

だが、その好奇心が——彼女に戻れぬ異変をもたらした。

それはすぐには気づけないものだった。彼女は相手の情報を集めるだけのつもりであったし、それ以上のことは何も望んではいなかった。そのひとのことを少しでも知ることができれば、それで満足なのだと本当に心底……そう思っていたのだ。

けれど、運命の悪戯《いたずら》はほんの少しの好奇心をそれだけですませてはくれなかった。

あ……な、なに……？

自らの身に起こる異変に気づいたときには——すでに戻る道は絶たれていた。

何がどうしてそのようなことになったのか、彼女にはわからない。それでもはっきりとわかるのは、強大なる存在の放った力が、なぜか自分に流れ込み周囲に放たれようとしていることだった。

周囲の時間を加速し、生ける者たちに次なる命を紡《つむ》ぐ猶予《ゆうよ》さえ与えずに生のみを摘《つ》み取って行く暴虐《ぼうぎゃく》の力が！

だめ！

彼女はそのことに気づいた瞬間、それまでの酩酊《めいてい》にも似た感覚から醒《さ》めた。

このままでは消えてしまう——老樹が見守りたいと願った人間たちの命と未来に連なるあら

ゆる可能性が。

全部、全部、消えてしまう。

駄目、駄目、駄目！

彼女は怯《おび》え、必死にその力を振り払おうとした。だが、世界そのものを支えるほどの力を有する存在の力の発現を前に、妖貴《ようき》として生まれることさえなかった彼女に為《な》す術《すべ》はなかった。

いや、これは……こんな結末を見るために、招くために、わたしは老樹の手を取ったわけではないわ！

老樹の精霊と同化し樹妖となることを選んだのは、彼女の願いを叶えてやりたかったからだ。老樹を村の守り神と見なして慕っていた人間たちの行く末を見守りたかったからだ。

断じて、こんな風に唐突な嵐のように一夜で滅《ほろ》ぶ運命を押しつけるためではない！

けれど力はどんどん彼女の中に流れ込み、押しとどめておくのにも限界があった。

加速する時間は、全《すべ》て自らの内に流し込む。幸い彼女は身内に巨大な樹脂の塊を抱え持っていたため、そこに力を誘導することで多少の時間を稼《かせ》ぐことはできた。

だが——できるのはそこまでだった。

深紅の力を帯び、みるみる化石化する樹脂——だが、流れ込んでくる力は尽きることがない！　このままでは夜明けを待つことなく、彼女の全身は化石となり、抱え込みきれぬ力は周囲の人間たちに及ぶに違いない。

それだけは、耐えられない。

樹妖となることを選んで七十数年ほどが経つ。最初はただ死にかけた老樹への同情だったにせよ、この七十年ほどで彼女も多くの人間を見てきたのだ。

ひ孫が無事に生まれるようにと彼女の前で手を合わせて言った老夫婦。結婚して十数年してようやく子供ができたのだと嬉しそうに報告してくれた女性、「妹か弟が今度生まれるんだよ……僕お兄ちゃんになるんだ！」と頬《ほお》を紅潮させて幹《みき》に抱きついてくれた男の子……。

彼らの思い描き望んだ未来が、このままでは消えてしまう。

この圧倒的な力を押しとどめることがかなわぬ限り、加速した時間の渦《うず》は彼らを呑み込み、未来へ繋ぐ何物も許さぬままに命を摘み取ってしまう！

全部――自分がこの力の主への好奇心を覚えてしまったがために！

駄目、駄目、駄目……それだけは駄目。

彼女は必死に考えた。

我が身ではなく自分を慕ってくれる人間たちをどうしたら護《まも》れるのか――それだけを。

そして、答えはひとつしかないことを、我が身の最後の欠片《かけら》が化石と化した瞬間に気づいたのだ。

この場を……この状況を打開してくれるはただひとりしかいなかった。

彼女を魅了し、囚《とら》え、それゆえに望みもせぬ共鳴をもたらした者――。

元凶であると同時に、彼女が妖貴として生まれていたならば迷わず主に選んでいたはずのそのひとしか――。

『我が君!』

樹妖であることを選んだ自分にそのひとをそう呼ぶことは許されない。

わかっていても、彼女にはそうとしか呼べなかった。

『我が君! どうか、どうかお助けください!』

巻き添えになった人間たちを救うために、必死に声を振り絞《しぼ》り、絶対主の救いを心底求めながら……なぜかそのとき、彼女の脳裏に浮かんだのは主ではないひとの面影《おもかげ》だった。

『お前は馬鹿《ばか》か!? なぜ、同化までしてやる必要があった!? それなりの力を分けてやるなりすれば良かっただけの話ではないか。だというのに……おかげでわたしは……を……損《そこ》なったぞ』

この上ない不機嫌な顔でそう言い放った漆黒《しっこく》の男性の恐ろしく整った顔――。

ああ、名前さえ聞いていなかったと、消え去る寸前に彼女は思った――。

一

ガンダル・アルス北西に位置する小国エスコ——その北の国境である深い森を、頭巾《ずきん》を深く被《かぶ》ったふたつの影が進んでいた。

日はすでに沈み、鬱蒼《うっそう》と茂った針葉樹の森は闇《やみ》に包まれている。

にも拘《かか》わらず、ふたりの歩調に迷いはない。灯《あか》りひとつ持たぬ身で、それはいっそ不自然なまでに木の根や倒木を避けて進み続ける。

いや、正確にいうなら、それは先導する痩身《そうしん》の人物によるものだ。しっかりと手を繋いだもうひとりは、相手に従うことであらゆる難を免《まぬか》れている。

「大丈夫？」

痩身の人物が、気遣《きづか》うようにもうひとりに声をかけると、小さな頭巾がこくりと縦《たて》に揺れた。

「そう……もう少しよ……足は大丈夫？」

問われた内容に、小柄なほうが一瞬びくりと肩を震わせた――が、気丈《きじょう》に大丈夫だと伝えてくるのに、痩身の人物は小さく息をついた。

「ワン……頑張《がんば》るのと無茶をするのは全然違うわ。正直に言って」

その声はやや低いが女性のものだ。

しかし、告げられる内容ゆえか、女性らしい言葉遣いにも拘わらずその声音《こわね》には柔らかさが欠けていた。

ワンと呼ばれた者が、心外だとばかりに顔を上げる。

「ぼくは嘘《うそ》なんか――」

洩《も》れた声は幼《おさな》さの残る子供のものだった。

「嘘をつかずとも、真実を隠す術《すべ》はあるわ……その年で見上げた根性だけれど、十全な体調でいてもらわなくては、この先わたしのほうがきついの。お前を抱いたままで戦うのはいささか荷が重すぎる」

戦う――その言葉にワンが再び肩を震わせた。

「ぼくの……せいだよね」

悄然《しょうぜん》とつぶやくワンの頭を、痩身の人物が頭巾ごと乱暴に撫《な》でた。

「お前のせいじゃないわ。お前は正当な親族が待つ家に帰ろうとしているだけなのだもの。生まれてからこれまでお前を育ててくれた礼は充分に置いてきたわ……なのに、追っ手をかけてくるあちらに問題がある」

素っ気ない言葉に、ワンが俯《うつむ》いた。

「でも、ぼくがアイクに一緒に行きたいと強請《ねだ》ったりしなかったら……」

「馬鹿《ばか》なことを」

子供の言葉を、しかしアイクと呼ばれた痩身の女性は一蹴《いっしゅう》した。

「お前は亡《な》きレーリィンが遺《のこ》した我らの宝……アルバワヌの次代を受け継ぐ大切な子供よ。アルバワヌの民はアルバワヌの里に帰る。間違ってはいけないわ、ワン。レーリィンの魂《たましい》を正しく天上に送るためにも、お前は里に戻らねばならないのだから」

だから、自分のせいだなどと気に病《や》む必要はないのだ、と――アイクが重ねて告げると、ワンの体から少しだけ強《こわ》ばりが解けた。

「……いいの？　ぼくはアイクと一緒に仲間がいるところに帰っても……？」

今にも泣き出しそうな声を洩らす子供に、アイクは一歩近づき、膝《ひざ》をついてその身を抱きしめた。

「勿論《もちろん》、それが正しいの。アルバワヌの民はアルバワヌにあるべきなのだから……。だからこそ、隠し事はなしよ、ワン。足は本当に大丈夫？」

結果的に最初の問いに戻ったわけだが、今度は子供は素直に答えた。

「……さっきから、左の親指の爪《つめ》がじんじんする……」

「見せて」

地面に膝をついたまま、アイクがワンの左足から靴《くつ》を器用に脱がせると、靴下に覆われた子供のつま先は真っ赤に塗《ぬ》れていた。

灯りなどなくとも、アイクやワンにははっきりとそれが見えるのだ。

「肉刺《まめ》が潰れたか、爪が剝《は》がれかけているのか……何にせよ、このままでは進めないわね」

そう言うアイクに、ワンが慌てたように声を上げた。

「平気だよ、ぼくは！　大丈夫だから！　絶対、絶対、アイクと一緒にアルバワヌの里に帰るんだから！」

一度も目にしたことのない故郷へ帰ると言いきる子供の様子に、アイクの口元が僅《わず》かに綻《ほころ》んだ。

そうだ、と思う。

目にしたことがあろうとなかろうと、そこで実際に暮らしたことがあろうとなかろうと――アルバワヌの民が故郷に焦がれぬわけがない。記憶ではなく魂に刻《きざ》まれた絶対として、一族の故郷はあるのだから。

「見上げた心意気だと褒《ほ》めてあげたいところだけれど、ね。この足をそのままにこの先を進むのは無理よ。いったん治療しないと」

「でも！　追っ手は迫っているんでしょう!?　アイク、この森に入ってからぴりぴりしてる……ぼくはこれ以上アイクの足手まといになりたくないよ」

焦《じ》れた様子で言いつのるワンに、アイクは胸中驚きの息をついた。

アルバワヌの民として生まれついたとはいえ、ワン――ワンシードは故郷を遠く離れた場所で生まれ育った子供だ。アルバワヌの里の子供たちが物心つく前から日常的に積む訓練も受けてはいない。

その証拠がこの脆弱《ぜいじゃく》な体だ。

アルバワヌの里で生まれ育ったアルバワヌの子供なら、この程度の道程で足を傷めることなど考えられない。頑健《がんけん》な肉体と異様なまでに発達した身体能力がアルバワヌの民の特徴なのだ……だが。

それだけでは説明できないアルバワヌの民の異様な強さの一因を、確かにこの子供は受け継いでいるのだ、とアイクは確信した。

気配に関する過敏なまでの感性――それもまたアルバワヌの民の持つ特性なのだ。

栴檀《せんだん》は双葉より芳《かんば》しという言葉があるが、アルバワヌの本質は間違いなくワンの中にも流れている。それを歓迎できるかどうかは別の問題として――事実は事実だ。

さて、この身体ができていないくせに気配に敏な子供をいかにして説得しようか。

そう、アイクが思った時のことだった。

ざわり。

木々が、不自然に騒いだ。

許可せぬ何者かが森に入り込んだのだ。

アルバワヌの民であるアイクが森に立ち入る際に交わした約束が破られた様子はない。森は彼女たちふたりが安全な場所に辿り着くまで、追っ手を入り口近くで翻弄《ほんろう》し足止めしてくれるはずだった。

なのに――。

いま、その守りが破られた。

しかもその場所は、アイクとワンがいる場所から――近い。

敵か？

アイクは自問し、他に考えられないという解を出した。

アルバワヌの民と木々との絆《きずな》は深い。そこにはアルバワヌの民が等しく受けた呪いが介在するわけだが、だからこそ木々は自分たちとの約を必死に守ろうとしてくれる。

それが破られたのだ——敵による攻撃としか思えないではないか。

どうするべきか。

考えるまでもなかった。

守り、故郷へ導くべき子供は足を怪我して満足に動けない。いくら子供が懸命《けんめい》になろうと、その成果はアルバワヌの里で育った子供たちに期待できるものとはほど遠い。

ならば。

選べる道はひとつだった。

「ワンはこの茂みに隠れていて」

アイクは子供を雑木の陰《かげ》に押し込むと、森の放つ気配を頼りにひとり歩き出した。

小さな音を拾うのに邪魔な頭巾を取り払う。

露《あらわ》になったのは、動物の骨かなにかに装飾をほどこしたかのようなデザインの、顔の上半分を隠す仮面だ。

その両目の部分の下に埋め込まれた小粒の貴石《きせき》が、木々の隙間から射し込んだ日の光を反射してきらりと光った。

アルバワヌの民——仮面の戦闘集団の一員であることを露《あらわ》にしたアイク……アイクランサがそのとき選んだのは……。

敵の完全抹消《まつしょう》だった。

※

ひたり、ひたりとアイクランサは足を運ぶ。

用心深く慎重に、枯《か》れ枝ひとつさえ避けて、夜露《よつゆ》に濡れる落ち葉の上を足音ひとつ立てずに歩く。

それは彼女の生まれ持った人並み外れた夜目があって初めて可能なことだった。そして、もうひとつ、彼ら一族に与えられた身体能力があってこそ。

ひたり、ひたり、ひたひたひた。

アイクランサは先ほど異変を感じた方向を目指してひたすらに歩いた。

誰が追ってきても負けるつもりはない。いや、負けるわけにはいかないのだ。

アイクランサの肩には一族の未来がかかっている。

何があろうと彼女はようやく取り戻した一族の子供——ワンシードを故郷である隠れ里まで連れていかなくてはならない。最早《もはや》それだけではすまない問題が生じているが、それは後で里の長たちに諮《はか》るべきことだ。

今やるべきはただひとつ――。

自分たちを追ってきた者の口を封じることだ。

子供を軟禁《なんきん》していた屋敷からこの森に逃げ込むにあたり、いくつもの仕掛けを施し、南方や東方に逃亡したように見せかけたのは時間を稼ぐだけが目的ではなかった。

ワンシードを確実に故郷へ連れ帰り、彼に以降の安全な日々を与えるためには、故郷の位置を誰にも知られぬようにする必要があったのだ。

誰からも恐れられる仮面の武闘集団を結成したのも、そもそもはそれが理由だったと聞く――芋《いも》すら満足に収穫できぬやせ細った土地で生きていくために働く必要があったというのも同じくらいに切迫《せっぱく》した一因ではあったと言うが。

アイクランサは思わず唇《くちびる》を噛《か》みしめた。

故郷の何気ない風景が脳裏《のうり》に浮かぶ。

赤子を抱き笑い合う母親たち、時々しか帰ることのない父親たちをそれでも心待ちにしている子供たち、老いて傭兵《ようへい》団の一線を退いた男たちが狩りで持ち帰る収穫に、村全体が喜びはしゃぐ……一点を除けば、何の変哲もない山間の村の風景にしか思えないそれら……。

だが、それを知るのは一族の者だけだ。

そうでなくてはならない。

里の位置も一族の秘密も、決して外に洩《も》らしてはならない。そうしないために、命を狩ることさえ厭《いと》わない——それが、アルバワヌの覚悟だ。

けれど、と必死に追っ手の気配を探りながら、アイクランサは思う。

今回の件に関しては、もう手遅れかもしれない、と——。

それが杞憂《きゆう》でないことは、執拗《しつよう》な追っ手の存在からも明らかに思えた。ワンシードの世話をしていれば、彼の肉体の異質さには誰もが気づくはずだ。いや、それ以前に産湯《うぶゆ》につけられた時点で一族の秘密は複数の人間に知られたと思って間違いない。

その数は一体いかほどだろう——。

全員を抹殺《まっさつ》しなければならないと考えると、それだけでアイクランサは気が重くなる。

だが、同時にわかっている。

一族の安寧《あんねい》を守るためには、それは不可欠なことなのだと。

決して心躍ることではないが……仕方のないことなのだ。

そして、その第一歩として、現在自分たちに最も近づいている追っ手を確実に抹殺すること——それは必要にして不可避の行為だ。一族の……戦うことのできぬ者たちを守るために、どうしてもなさねばならないことなのだ。

ひたり、ひたり——。

決意を胸に、アイクランサは気配を辿る。

ほどなくして、彼女は見つけた——いささか呆気《あっけ》なく感じるほどに簡単に。

※

それは女だった。

年の頃は二十代前半だろうか——肩に届くかどうかのあたりで切り揃《そろ》えられた黒髪が何より印象的だった。

女は暢気《のんき》にも大木の根元に座り込んでいた。

どこかぐったりとした様子から察するに、怪我《けが》でもしているのかもしれない。

そのときふわりと漂ってきた血臭に、アイクランサは己《おのれ》の考えが正しいことを知った。

目を凝《こ》らしてみれば、黒髪の女は左目を覆《おお》うように布を巻きつけている。

そうしてぶつぶつと何かを呟《つぶや》いているのだ。

アイクランサは……正直なところ、その様子に呆《あき》れずにはいられなかった。

怪我をおして自分たちを追って来ながら、この暢気とも無警戒とも言える様子は何なのだと思ったのだ。

追っ手は常に相手からの反撃を警戒するべきではないのか。それがないものと信じる愚者《ぐしゃ》はいつ死の鎌を振り下ろされても文句は言えない。いくつかの戦場を生き抜いてきたアイクランサにとって、それは息をするのと同じほどに自然な心構えだった。

だと言うのに——。

見つけた相手は、彼女の想像の埒外《らちがい》に——ものすごく暢気そうに見えた。

なんなのだ、あの女は？　自分たちを追って来たのではないのか？　そうでないとしたら、どうやって自分たちを守るために木々たちが閉じていたこの森に入って来られたというのか……？

アイクランサは軽い混乱状態に陥《おちい》った。

それも無理はないことだ。

森の木々の力を借りて、女の呟きを拾ったものの、そのほとんどが愚痴《ぐち》で占められていたのだから。

「……大体、こんな真っ暗で何もない場所で、どうやって……というんだ。森の外を目指すにしても星すら見えないのでは、方角も何も……。どうしろと言うんだ……まさか野生の本能を発揮《はっき》しろとでも……？」

この女は何なのか——。

追っ手ではなかったの？　わたしは勘違いしただけなの!?

呆然《ぼうぜん》としかけたときだ――アイクランサの耳にはっきりと、女の言葉が飛び込んできた。

「大体、迎えに来るとか合流すると言うのなら、時刻ぐらいはせめて言っておくべきじゃないのか？　わたしは一体、いつまでここで待っていればいいんだ……」

ざわり、と血が逆流するような衝撃を覚えた。

暢気そうな女の様子にうっかり騙《だま》されかけた。女は単にひとりで自分たちを追跡する気がなかっただけだったのだ！

ほどなく合流する連れの戦士とともに、彼女は自分たちを追い詰めるつもりだったのだ！

冷ややかな怒りがふつふつと胸の奥から湧き起こる。

させる、ものですか。

誰にも故郷は明かさない。誰にも村の安寧を脅《おびや》かすことは許さない。

暢気で緊張感に欠ける様子に一度は騙されかかったが、もう惑《まど》わされはしない。

追っ手は抹殺する。何としても里の秘密を守るのだ。

すらりと剣を抜き放ち、息を整え、アイクランサは女に襲いかかった！

数多《あまた》の戦場で多くの血を吸ってきた大剣は、一撃で相手の血肉を切り裂き、命を消し飛ばすはずだった。

だが――。
そうはならなかった。
きぃぃん――！
甲高《かんだか》い、金属同士がぶつかり合う音が森に響《ひび》き渡る。
女が腰に下げていた大剣で自らの攻撃を受け止めたのだ。
この女――！
強い、と本能的にアイクランサは悟った。

2

「まったく……」

深い森の中、不機嫌な面持《おもも》ちでぼやく黒髪の女性がいた。

肩に届くか届かないかの長さで切り揃《そろ》えられた漆黒《しっこく》の髪は艶《つや》やかであったが、今は血で汚れていた。

左目を覆《おお》う布にはじわりと赤い染みが広がっている。

負傷してまだ時間が経っていないのは明らかだ。

しかし女性はさほど痛みを覚えていない様子で、ため息まじりにぐるりを見回すと愚痴《ぐち》めいた言葉を洩《も》らす。

「反撃できずに囲まれていたところを助けてくれたのは感謝するが……にしても、こんなところにひとりで放り出して、わたしにどうしろと言うのだ……」

頭上を見上げても、鬱蒼《うっそう》と茂った木々のせいで星すら見えない。

当然周囲は闇《やみ》に包まれているのだが、彼女には関係のないことらしく、器用にそばの大木の根元に腰を下ろした。

闇の中で右目の琥珀《こはく》が淡い光を放っている。

夜行性の獣《けもの》の瞳《ひとみ》が放つものとは違う柔らかな金色の光は、彼女が尋常《じんじょう》な人間ではないことを示しているが、それを認める者はここには存在しない。

じわりじわりと広がる血の染みは、出血の多さを物語っているが、それにも頓着《とんちゃく》する様子を見せず、彼女――ラエスリールははぁ、と自己嫌悪《じこけんお》の息をついた。

先ほどのことを思い出したのだ。

ラエスリールは追っ手持ちである。相手は複数で、しかも人間ではない。

過去のあれこれが原因で、少ないとは言えない魔性《ましょう》――しかも妖貴《ようき》と呼ばれる上級魔性に追われている。

彼らの主を害した彼女を、妖貴たちは決して許さない。執拗《しつよう》な追撃はすでに日常と化し、気の休まる暇《ひま》はほとんどないと言える。

だから決して油断していたわけではない。

……わけではないのだが。

「まいった……」

くしゃりと髪をかき上げながら、ラエスリールは目を瞑《つむ》った。

魔性による攻撃が妖気を伴《ともな》うものなのだと知るからこそ、普通の人間を武器として送り込まれることを想定していなかったのだ。

ただでさえ魔性は気位が高い。力と美を絶対視する彼らにとって人間とは卑小《ひしょう》な存在でしかない。玩具《がんぐ》と見なすことはあっても、その力を利用しようなどとは考えないものなのだ。

だから——妖気すら用いず、原始的な暗示によって人間を攻撃の駒として送りこまれたことに対応しきれなかった。

魔性が相手なら、ラエスリールは反撃する力を持っている。魔性の命を糧《かて》とする破妖刀——紅蓮姫《ぐれんき》があるからだ。だが、相手が人間となると話が変わる。彼女は人間を殺す気では戦えない……連れの男——闇主《あんしゅ》には、「命を狙ってくるのに魔性も人間も関係あるか」とこれまでもさんざん言われてきたのだが、これればかりはどうしようもない。

暗示をかけられた複数の人間に囲まれ、反応が遅れた際に額から左の頬にかけてざっくりと斬られた瞬間、闇主が宙に引き上げてくれなければ、躊躇《ためら》いのない複数の斬撃《ざんげき》に深手を負わされたに違いない。

だから、その救い主である男にここで文句を言うのは間違っているのだ。

譬《たと》え怪我した左目を布で覆うだけの応急処置を施すなり、何の説明もなくこんな見知らぬ場所に放り出されたとしても——放り出した張本人が全然姿どころか気配も見せないのだとしても、「あとで迎えに行くから、それまで適当に遊んでいろ」と無責任なことを言われたのだとしても……いや、やはりこれは文句ぐらいは言っても罰《ばち》は当たらないかもしれない。

「……大体、こんな真っ暗で何もない場所で、どうやって遊べというんだ。森の外を目指すにしても星すら見えないのでは、方角も何もわからないじゃないか。どうしろと言うんだ……まさか野生の本能を発揮しろとでも……？」

木の根元に座り込んだまま、ラエスリールは全然迎えに来ない男への文句を並べ立てた。

額から頬にかけて斬られた傷口が、今頃になって痛みを訴えてくる。そういえば、あの男がすぐに治療しないのは久しぶりだと気づいた。

闇主という深紅《しんく》の魔性は、ラエスリールと出会って以来彼女が傷つく度《たび》、接触過多な方法で治療するのが常だった。戦闘中などはさすがにそれは無理だが、それ以外では文字通り舐めて治すを実践《じっせん》してきたのだ。

以前は犬か猫のようだと漠然《ばくぜん》と思うばかりのラエスリールだったが、最近では相手の接近に動揺を覚えるようになったものだから、やめてくれるのならそれに越したことはない。

だが……こういうことは、今回が初めてではない。おかげで気づきたくもないことに気づいたりもするのだ。

闇主が傷を癒さなかった理由――過去の経験が、その裏側に潜む何かを感じ取らせる。

あの男が些細《ささい》なことにすら力を揮《ふる》わなかったことは何度かあった。そしてラエスリールはその度に、彼の過去の悪行に起因する厄介事《やっかいごと》に巻き込まれてきたのだ。毎度、毎度だ。こうなれば、疑うなというほうが無理だ。

「この辺りでも悪さを働いたのか……それも、未《いま》だに気を遣《つか》う必要があるということは、誰かの深い恨《うら》みでも買ったのか……」

現在世界に四人しかいない魔性の王のひとりである深紅の青年は、悪いことが大好きで、人の恨みを買うことに何の痛痒《つうよう》も覚えない……どころか、時折この男は楽しんでわざわざ買いこんでいるのではないかと思わせる困った性格の主である。

微《かす》かな妖気すら憚《はばか》るような場所や相手がいるのなら、そちらには極力近づかないようにすればいいとラエスリールなどは思うのだが、闇主ときたらそうした心の動きとは無縁と見えて――時々、恨まれている事実自体を忘れていることもある――頓着《とんちゃく》なしに行きたいところに行く。

巻き込まれる彼女にとっては災難でしかないのだが、離れる気がない以上、諦めるしかない……もっとも、本当にたまにだが、「ひとりで出向いて片づけて来い！」と蹴飛ばしてやりたくもなるのだが。

「……どうせ、巻き込まれるんだろうな。あいつの予定にしっかりわたしは組み込まれているんだろうな……そのくせ懇切丁寧《こんせつていねい》に理由なんて教えてはくれないんだ、きっと」

ぼやいている内に、だんだんと腹が立ってきた。

「身勝手だ……よくよく考えて見るまでもなく、あいつはかなり身勝手じゃないか？　大体ひとのことを玩具だとか言っておいて、遊ぶでなくこき使うというのはどういう了見だ。そう言えば礼を言われたこともないぞ、わたしは。いや、確かに怪我を治してもらったり、危ないところを助けてもらったり、感謝はしているから手伝えることがあるなら手伝うのは全然構わないんだが……それにしても、やはり説明ぐらいはしてくれても罰は当たらないはずだぞ」

ぶつぶつ、ぶつぶつ――一度流れだした文句は奔流《ほんりゅう》のごとき勢いで溢《あふ》れ出す。

「大体、迎えに来るとか合流すると言うのなら、時刻ぐらいはせめて言っておくべきじゃないのか？　わたしは一体、いつまでここで待っていればいいんだ……」

思えばそれは、ラエスリールにとって実に久しぶりのひとりきりの時間だったのかもしれない。

以前は苦にも思わなかった孤独ゆえに、彼女は自分を放り出したきりの男に対する愚痴《ぐち》を連ねることで気を紛《まぎ》らわせていたのだ。

それはひとりきりの空虚さから逃れるための必死の言葉遊びに等しい。夢中で懸命に、自らの置かれた状況から気を逸《そ》らそうとする行為だった。

だから……今はそばにいない男への不平不満を零《こぼ》すのに夢中になっていたラエスリールは、その気配に気づくのが遅れたのだ。

異様な気配と噴き出すような殺気に咄嗟《とっさ》に抜いた腰の大剣——紅蓮姫ではない——が、闇を切り裂いて振り下ろされる白刃を受け止め、火花を散らした。

ものすごい力であり、的確に急所を狙った攻撃だった。ラエスリールは本能的に命の危険を感じた。

強い……だが、人間《ひと》の気配が強い。

微かに感じる妖気から察するに、自分を追う妖貴に細工でもされたのか——。辺りを覆う暗闇は深く、その中で狙い違わず襲いかかってきたことからも、襲撃者がただの人間でないことは明白だ。

あくまで人間を差し向けるとは……これは完全にばれてしまったか。

自分が人間を殺すことができないと——だとしたら、こちらの動きを封じるためにこれからも同じことが繰り返される可能性が高い。

何とか、しなくては——。

ほんの一瞬でそれだけの思考を巡らせ、ラエスリールは相手は次の攻撃のために剣を引いた刹那《せつな》、素早く立ち上がり身構えた——。

※

エスコー最北の街グルティアの中心近く——この街を実質的に牛耳《ぎゅうじ》ると言われる豪商アルゼンブラの屋敷では、主である壮年の男がいらいらと室内を歩き回っていた。

「ええい、まだあの子供は見つからんのか！」

叩きつけるような怒号に、しかしその正面のソファに座る若い男は動じることなく優雅に葡《ぶ》萄《どう》酒を傾けていた。

「少しは落ち着いたらどうだ」

呆《あき》れと侮《ぶ》蔑《べつ》の響《ひび》きを隠しもせずに声をかけるのは、漆黒の髪と瞳《ひとみ》を持つ、恐ろしいほどに冴えた美《び》貌《ぼう》の主だ。

鋭利《えいり》な刃《やいば》を思わせる空気と相まって、青年を人外の存在のように見せていた——。

「しかしですな、——殿」

アルゼンブラ家の当主ケアリスは、何度目にしても慣れることのできない美貌から意識的に目を逸《そ》らしながら相手を呼んだ。

現実には彼は青年の名を知らず、また仮初《かりそ》めのものですら呼ぶことを許されていなかったのだが、ケアリスは気づかない。

強大な魔性が自分の正面に存在しているのだとは、彼は想像もできない現実主義者であった——あるいは自分だけは魔性に目をつけられるはずがないという思い込みが骨の髄《ずい》まで染みこんだ俗物と言い換《か》えることもできる。

「あの子供を見失っては元も子もないのですぞ！　そうなればわたしの計画は水泡に帰してしまう……あの子供がいったいどれほどの財を生み出すか、————殿はご存じではないのか」

ケアリスの嘆く声に、青年はちらりと冷ややかな視線を向けたが結局口を開きはしなかった——言葉を交わす価値さえないと思っているのかもしれない。

「あの子供は金の卵です。あの子供さえ手元に押さえておけば少なくとも……しかし、うちの護衛たちはなにをやっていたのでしょうかな。いくら手練《てだ》れの傭兵《ようへい》団の人間とはいえ、たったひとりの女にしてやられるとは……」

ケアリスの愚痴は止まることを知らない勢いでこぼれ落ちる。

青年はもはや何も語らぬまま、葡萄酒の入った杯《さかずき》を傾けるばかりだ。

そんな男の独白がどれほど続いたころだろうか、ノックもなしに唐突に部屋の扉が開かれた。

入ってきたのはガウンを身につけた中年の瘦《や》せた女性だった。

「あなた！　いったい何をなさってらっしゃるの!?　粗野な男達が入れ替わり立ち替わり！　うるさくて眠ることもできませんわ！　あんな気持ちの悪い子供が消えたところで何だというのです。放っておかれれば宜《よろ》しいでしょう……あんな、あんな不気味な……」

女性はソファに座る青年には気づかぬ様子で、ケアリスに喰《く》ってかかった。

神経質そうな細い眉をつり上げ、甲高《かんだか》い声でまくし立てる女性を前に、ケアリスはうんざりした様子で頭を振った。

「お前が口出しすることではない。あの子供は大切なお宝なのだ。逃がすわけにはいかんのだと、何度も言い聞かせただろうが」

だが、女性は納得しようとしない。

「どうかしら。行き倒れの女を保護しただなんておっしゃっていたけれど、実はあの女は貴方が懇意《こんい》にしていた相手ではないの？　女が子供を産んですぐに死んでしまってからも、あの子供ばかりあなたは随分《ずいぶん》よくしてやってらしたわよね。わたくしが産んだ娘たちには、あれほどに気をかけてはくださらなかったひとが……」

ケアリスは苛立《いらだ》ちも露《あらわ》に「やめないか」と吐き捨てる。

「何度その話を蒸し返せば気が済むのだ、お前という女はそんなにもわたしが信用できないというのか」

そこまで告げて、ケアリスは大仰《おおぎょう》に息をついた。

わざとらしい仕種に、女性がまたしても口を開きかけたが、今度はケアリスのほうが早かった。

「紅琥珀《こうこはく》だ」

疲れたような声で、ケアリスが種の一部を明かす——そうでもしなければ、この女性がいつまでも話を切り上げないことは身を以《もっ》て知っているからだ。

これまでは大抵《たいてい》ケアリスが怒鳴りつけることで話を終わらせてきたのだが、そうするのも億劫《おっくう》なほどに彼の精神は焦燥《しょうそう》し疲弊《ひへい》していた。

口の堅さに信用がおけない女性だからこそ、秘めてきた事実だが——そろそろよかろうと思ったこともある。自らの利になる内容であれば、どんな軽い口もいささかは重くなるものだ。ことに虚栄心の強い彼女はその傾向が強い。

「あの子供は紅琥珀を大量に仕入れるための大事な鍵だと言ってるんだ」

丁寧《ていねい》に説明してやるのも面倒で、簡潔《かんけつ》な事実だけを口にすると、件《くだん》の女性が驚きに目を瞠《みは》った。

「紅琥珀……？」

豆鉄砲を喰らった鳩のような、何とも間抜《まぬ》けな顔になった女性の様子に溜飲《りゅういん》の下がる思いを味わいながら、ケアリスは「そうだ」と頷いた。

「稀少《きしょう》すぎて王族の方でもなければ手に入らないと言われる深紅の琥珀のことだよ。お前も欲しいと言っていただろう？　あの子供はそれを手に入れるために必要なのだよ……さあ、わかったら熟睡《じゅくすい》できる香草茶でも飲んで眠ってしまいなさい」

退室を促すケアリスに、だが相手はすぐには頷《うなず》かなかった。

否《いな》やを唱えたわけではない。言葉の内容にすぐに反応できなかったのだ。

いつも冷ややかで険のある光を浮かべる瞳は恍惚《こうこつ》と潤《うる》み、興奮のためか痩せた頬に朱が上っていた。

「紅琥珀……」

今の彼女の脳裏には、大粒の見事な紅琥珀の装飾品に身を包んだ己の姿、そして紅琥珀がもたらす莫大な富が浮かんでいるのに違いない。

そうして、彼女ははっと我に返ると掌《てのひら》を返した上機嫌な声でケアリスに問いかけてきたのである。

「まあ……まあ、そんな事情があっただなんて、わたくしったら知らぬこととは言え、あなたを疑うようなことを言ってごめんなさい。何も本気だったわけではないのよ、あなたがあまりにあの子を可愛《かわい》がるものだから……わかるでしょう？　愛していればこそ不安にもなるのよ」

白々《しらじら》しいことこの上ないが、彼女が大真面目にそう言っているのが伝わって来て、ケアリスは気づかれぬよう息をついた。

「わかっているとも……さあ、もう遅い。お前も早く休んだほうがいい。彼らにはなるべく静かにするよう言いつけるから」

今度は女性も逆らわなかった。

「ええ、ええ。ああ、あの子供のことを気味悪いだなんて言って悪かったわ。多少風変わりでも生まれて間もなく母親を亡くした可哀相《かわいそう》な子供だものね、わたくし、あの子が戻ってきたら母親のように優しく接してあげるわ」

そう言うと、彼女は踊るような足取りで部屋を出て行った。

自室に戻るなり本当に踊りかねない様子に苦笑しか浮かばない——と、そこでケアリスはソファに落ち着いた青年の存在を思い出した。

「いや、どうもとんだところをお見せしてしまいました……我が妻ながら、いささか慌て者でして、もう少し落ち着いた言動を取ってくれればといつも思うのですよ」

「別に、あんなものだろう……目の色を変えて紅琥珀を欲しがる人間なら山ほど見てきたから珍《めず》しくもない」

好意的とは言い難《がた》い言葉だったが、ケアリスは気にしなかった。

要はこの協力者が機嫌を損ねなければいいのだ。どこかの王族らしいこの美貌の青年は、ケアリスに莫大な富を与える見返りに、一粒の紅琥珀を譲《ゆず》り受ければ充分という、実に無欲でありがたい条件を提示してくれたのだから。

桁違《けたちが》いの富の前に、青年の鼻持ちならない態度ぐらい何だというのか。舐《な》めろと言われれば靴の裏だとて舐めてやる——。

妻には告げなかった紅琥珀の真価を思いながら、一刻も早くワンシードが見つかることを願った。

あの子供は鍵にして水先案内人なのだから。

紅琥珀の稀少性とその理由を知りながら、ケアリスに迷いはない。

戦すらも商売に利用する武器商人の一面を持つ彼にとって、そのようなものは些末《さまつ》事にすぎなかったのである——。

3

一撃で悟った。

重い斬撃《ざんげき》――この相手は強い、と。

重さは何も物理的なものではない――譲《ゆず》れない何かを抱《かか》える者の、譲れない何かを守るために繰り出した攻撃だと伝わってきたからこそわかったのだ。

第二撃が来る！

がきっ、と金属同士がぶつかる音が森の闇《やみ》を震わせる。散った火花が一瞬相手の姿を露《あらわ》にした。

仮面の……女？

力からはそうは思えないが、襲撃者は確かに女性にしか見えぬ体格の主だった。

動物の頭蓋骨《ずがいこつ》を連想させる白木《しらき》の仮面に覆《おお》われていない顔の下半分に人外の特徴はない――だとしたら、魔性《ましょう》に操られた人間だという可能性がますます高まる。もしかしたら、異形《いぎょう》は顔の上部に存在するのかもしれないが、気配《けはい》が確かに人間のものだ……まず、間違いなく相手は人間だった。

厄介《やっかい》な——。

ラエスリールはきり、と唇《くちびる》を噛《か》みしめた。

よりにもよって片方の目が使えない今、手練《てだ》れに襲《おそ》われるとは運がない。暴走破妖刀《はようとう》のおかげで——振り回されないために身についたものだ——怪力ぶりではラエスリールも相手の女性に引けは取らない。

攻撃を受けきれずにばっさり斬《き》られることはないだろう。

だが、片方の視界を遮《さえぎ》られた状況で戦うのは簡単なことではない。特に傍《はた》迷惑なまでに多機能な左目にはこれまで——危急時に限定して——大変助けてもらったのだ。その助力が期待できないとなると、これはなかなかに厄介だった。

人間相手に自分が戦い慣れていないことも問題のひとつだ。どの程度の力加減で戦えばいいのか、今ひとつ把握《はあく》できていないのだ。へたに全力を出したらとんだ惨劇《さんげき》を招きかねない……まあ、この相手であれば自分から致命傷を受けるようなことはないだろうから、そこだけは少し安心できるのだが。

つらつらとそんなことを考えながら、それでも戦いの気配が染みついた体は勝手に動く——

相手の攻撃を躱《かわ》しながら、その手元を狙って大剣を繰り出す。躱されれば素早く身を引く……あるいはさらに踏み込み、さらに一撃。

いつもと違う視界のせいで、距離感がうまく摑《つか》めないのが歯がゆくてならない。せめて相手の剣だけでも奪いたいのだが、うっかりすると袈裟《けさ》懸《が》けに斬りそうになっていたりする。殺すつもりはないのに結果的に死なせてしまったのでは本末転倒だ。しかし、ここで殺されてやるわけにはいかない以上、背を向けるわけにもいかない。

一瞬、ちらりと脳裏《のうり》を過《よぎ》ったのは、いっそ三十六計を決め込もうか——という思いだった。しかし、相手の動きから彼女はこの闇の中でもしっかり見えているのがわかる。夜目——という言葉で括《くく》れる範疇《はんちゅう》か否《いな》かは疑問だが——の利《き》く手練れから土地勘もない場所で逃げ切るのは難しい。

やはりここは、相手を戦闘不能にした上でかけられた暗示なり術を解くのが得策というものだろう……解呪《かいじゅ》の類《たぐい》はラエスリールではなく闇主《あんしゅ》の担当であるから、どちらにしても戦って無力化するしかない。

どうしたものか——。

そう考えたときのことだ。

仮面の女戦士が侮蔑《ぶべつ》も露《あらわ》に罵倒《ばとう》してきた。

「浅ましい……姿に似合わない何と恥知らずな輩《やから》かしら」

そこに潜む心底軽蔑《けいべつ》したような響《ひび》きに、ラエスリールは柄《つか》を握る手に力がこもった。

これはきっと、彼女に術をかけた妖貴《ようき》の言葉だ。父の配下か翡翠《ひすい》のそれか――どちらの手の者かはわからないが、相手は心から自分のことを醜悪《しゅうあく》に感じているのだ。

だが、そんなことは今さらだ。翡翠の妖主《ようしゅ》を倒したことを後悔するわけにはいかないし、父の身に起こった異変に関しては、生涯《しょうがい》沈黙を守ると誓ったのだ。彼らの憎悪《ぞうお》から逃れるために言い訳がましい言葉など口にできようはずがない。

「わたしにもわたしの事情というものがあってな……」

苦い笑みに口元を歪めながらそう答えると、相手が唇を嚙《か》みしめた後《のち》に叫んだ。

「どんな事情があろうと！　人間の身を切り裂いて富を得ようとする輩にあの子を渡せるはずがないでしょう！　このまま戻って主人に伝えるならよし、あくまであの子をわたしから奪おうとするのなら、命を捨てる覚悟を決めることね。同じ女同士、勝機があると考えているのならそれは大きな間違いよ！　アルバワヌの民に男も女もないのだから！」

澄んだ声はまだ若い――いや、幼《おさな》ささえ残すものだった。

仮面の奥の双眸《そうぼう》は、きっと怒りに燃えさかっていることだろう。

ここで、ラエスリールは自分たちふたりがふたりとも相手に対して大いなる勘違いをしていたことに気がついた。

新手の追っ手……ではないのだ、この仮面の女戦士は。

そうなれば、戦う理由などない。ラエスリールは剣を引くと素早く鞘に収めた。

この行動に、当然のことながら相手は訝《いぶか》りの声を上げる。

「何のつもり!?　引き返す気になったの？　それともこちらの油断を誘うつもりなら、その手には乗らないわ」

当たり前だが、守るべきこどもを抱えている女戦士は剣を構えたまままそう告げてきた。

「すまない。わたしの勘違いだ……てっきり新しい追っ手がかかったのかと思って。先ほど襲われたばかりだったので、ぴりぴりしてたんだ。あなたが誰に追われているかは知らないが、そういうわけで、わたしはその追っ手ではない」

微《かす》かに感じる妖気がなければ、そんな勘違いはしなかっただろうが……そのあたりのことは言わぬが花だ。

妖貴に術をかけられているのでなければ、彼女から妖気がしみ出す理由などいくつかしかない——当人にとっては、見知らぬ相手に触れられたくはないだろう。

そんなラエスリールの心中を知ってか知らずか……いや、すぐには信じがたいのも無理はない。相手は剣を構えたまま、疑わしげに問うてくる。

「追っ手持ち……？　追われるようには見えないけれど……何をして追われているの？」

得心《とくしん》が行く答えでなければ、断じて剣を引かぬ覚悟が見える女性の態度に、しかしラエスリールは好感を覚えた。

あの子は——と彼女は言った。守るべき小さな命がかかっている場面で、寸前まで戦闘状態にあった人間の言葉を鵜呑《うの》みにするのは感心できることではない。

ここは、正直に答えるべきだろう——さすがに真実を全《すべ》て話すわけにはいかないが。

「……彼らの主を殺した憎むべき仇《かたき》なんだ、わたしは。だが、生きると決めたしまだやるべきことがあるから彼らの望みを果たしてやるわけにはいかないんだ」

淡々とした口調で告げると、相手が考え込むように僅《わず》かに首を傾《かし》げた。

「……因《ちな》みに、それは尋常《じんじょう》な勝負だったのかしら？」

その問いにラエスリールはこくりと頷きかけ、さてそう言っていいのかどうかと思案した。

何しろ翡翠との戦いに於《お》いては、闇主からの多大な援護があったのだ。

「助けてくれる相手はいたが……あくまでわたしたちの戦いだった。互いに退くわけにはいかなかった」

そう、互いのどちらかが消えることでしか生き延びられない運命の中、自分たちは生きることを勝ち取るために戦ったのだ。

　そんな思いが伝わったのだろうか、仮面の女戦士がふう、と息をついた。

「別に一対二の勝負を卑怯《ひきょう》だなんて言わないわよ。世の中には化け物のような強者《つわもの》だっているし、ふたりどころか三人がかりでも話にならない程度の腕利きは珍《めずら》しいけどいないこともないわけだし……なるほどね」

　ふむ、と納得した様子で彼女が頷くのを見て、ラエスリールもほっと肩の力を抜いた。

　勘違いによる無意味で無駄な戦いは、どうやら回避できそうだ——と。

　しかし、気を抜くのは早すぎたらしい。

　ひゅん、と風を切る鋭い音が聞こえた——明確な殺意を持って何かが投じられたのだ！　ならばそれは刃《やいば》である可能性は高い。

　考えるより先に、ラエスリールの体は動いていた。

　収めたばかりの大剣を抜き、音から導き出される軌跡を遮《さえぎ》るように刀身をかざしたのだ——最悪のタイミングで、最悪の場所に！

「あなた、やっぱり！」

　突然顔を狙った繰り出された——ようにしか見えなかっただろう——刀身に、女戦士が怒りの声を上げ、こちらも同時に反撃に出た。鞘から抜く必要がなかった分、彼女の攻撃のほうが鋭かった。

きん！

かつん！

ざしゅ……。

甲高《かんだか》いふたつの音と鈍いひとつの音がほぼ同時にその場に響き渡った。

最初のそれはラエスリールの剣に短剣が弾かれた音――ふたつめのそれは、それが起こった場所が女戦士の顔に肉迫していたため、弾かれた短剣が彼女の仮面にぶつかったもの。

三つ目の音は――女戦士の剣が、ラエスリールの左目の上に巻いた布を切り裂いたそれだった。

仮面を止める紐《ひも》が切れたのだろう――女戦士の顔から仮面が滑り落ちる。ほとんど同時に、ラエスリールの頭部に巻かれていた布が血の重みでずるりと落ちた。

露になった素顔で、ふたりは凍《こお》りついたように互いを見つめた。

ラエスリールは女戦士の右目のすぐ下――皮膚《ひふ》から直接生えているとしか思えない深紅《しんく》の石から目が離せなかったし、女戦士の目はラエスリールの深紅の左目に釘づけである。

そっくり同じその色彩が意味するところは何だろう。

ああ、頭痛が痛いかもしれない……。

がっくりと肩を落としそうになるラエスリールにとって幸いだったのは、直後にこの緊張を強制的に緩めてくれる存在が現れてくれたことだ。

何やら大きな荷物を引きずって――よくよくみれば、それはぼろぼろにされた大柄な男のようだ――木立の陰《かげ》から現れたのは、あとで迎えに行くと言っていた魔性だった。

「おい、ラス。お前、怪我《けが》してる時ぐらい、拾いモノは控《ひか》えろよ……見ろ、この凶悪そうな面《つら》構え、人間やめましたって言ってるも同然じゃないか。こんなんに狙われるようなモン拾ったら、絶対お前のことだから首突っ込むに違いないんだし……少しはこっちの心痛ってもんをだな――」

放っておけば、いつまでもいつまでも喋《しゃべ》る続けるに違いない――ラエスリールへの嫌がらせだ――と思われた青年の声は、しかし不意に途切れた。

理由もラエスリールにはわかった気がした。

なぜなら青年――今は完全に人間に化けている深紅の魔性の目は、自分と同じモノを見つめていたからだ。

肌から生《は》えた――深紅の石。

紅琥《こうこ》珀《はく》と呼ばれているのだと、知ったのはこれから少しあとのことだった――。

4

夜中の森の中、なぜか四人の男女と子供ひとりが焚《た》き火のぐるりを囲んでいる。

もっとも、内ひとりは近くにあった頑丈《がんじょう》な蔓《つる》でぐるぐる巻きに縛《しば》られ転がされており、子供は連れの膝《ひざ》を枕にぐっすりと眠っているのだが。

どうしてこんなことになったのか思い出すだにラエスリールはため息をつかずにはいられない。

仮面の女戦士アイクランサと衝撃的な素顔を互いに晒《さら》して凍《こお》りついたように互いが抱え込む深紅《しんく》を見つめ合うことしばし……実際はどれほどの時間そうしていたのかはわからないが。闇主《あんしゅ》が暢気《のんき》な口調で剣呑《けんのん》な台詞《せりふ》を口にしながら登場したその直後——。

アイクランサは思いもかけないことを叫んでくれたのだ。

「あなたも呪《のろ》われているのね！」

と——。

目が点になったのはラエスリールだけではなかった——闇主が咄嗟《とっさ》に反応できないことがあるとは、初めての光景で、彼女としてはある意味貴重なものを目にした気分だ。

いや、それはさておき……言葉もないふたりを前に、アイクランサは実に納得した様子でひとりうんうんと頷《うなず》くと、謎の発言の根拠と思しきものをぶつぶつと呟《つぶや》いたのだ。

「わたしの攻撃を平気で受け止めたときにおかしいと思ったのよ……普通、大の男でも腕が痺《しび》れて剣を取り落とすはずなのに……打ち込む力も人間離れしていたし……なるほどね、呪いの副産物だとすれば得心が行くわ」

どうやらラエスリールの深紅の左目と怪力から、自分たちと同じような『呪いの被害者』だと認識したらしい——というのは、それからすぐに判明した。

「もしかして、ふたりで呪いを解くために旅をしているの？」

とちらりと好奇心を覗《のぞ》かせる問いを放ったあと、反応できずにいたラエスリールを安心させるようにこう言い放ってくれたのだ。

「わたしも……いいえ、わたしたち一族も似たようなものよ。この深紅……紅琥珀《こうこはく》に呪われているの」

と。

ラエスリールの目が思わず連れの男に向けられたのは……無理のないことだった。

胡散臭《うさんくさ》いわざとらしい笑顔に、ああこいつが元凶だと嬉しくもない確信を抱いてしまったのも——ため息をつきたくなるのも致し方ないだろう。

それから、アイクランサが隠れているように言いつけた子供が、緊張のあまりか意識を失うように眠っているのが見つかったこともあり、何が何だかよくわからない内に皆で一緒に焚き火を囲む羽目《はめ》になったのだ。

因《ちな》みに闇主《あんしゅ》によってぐるぐる巻きにされた男は、他に追っ手がいないことを聞き出したあと、アイクランサの素晴らしい一撃を食らい、昏倒《こんとう》状態にある。放り出さないのは念のための用心だ。

そうしてアイクランサが語り始めた内容に、ラエスリールは非常に肩身の狭い思いを味わわされることとなったのだ。

「……いつのころからか、わたしたちアルバワヌ一族は体に深紅の琥珀を宿して生まれるようになったの。服で隠れる場所ならともかく、わたしみたいに顔に出た者は普通には暮らせないわ。おまけに呪いの内容というのがまた傍《はた》迷惑でねえ……」

ほう、と息をつきながら、アイクランサは膝で眠る子供を見つめた。

「この子、幾《いく》つだと思う？」

ラエスリールはつられたようにワンシードに目を向けた。

見た目通りなら、十歳ほどに見えたが、話の流れから察するに違うのだろうと想像はついた。

果たして、アイクランサの答えは常識からは考えられないものだった。

「今年五歳になったばかりよ。わたしの姉でこの子の母親がこの子を宿したまま行方《ゆくえ》知れずになったのが五年前のことだから。わたしも見た目はこうだけど、まだ十三歳よ。わたしたち一族が受けたのは、普通の人間の倍の速さで成長老化するという呪いなの。寿命もきっちり普通のひとたちの半分ぐらい。だからね、隠れ住むしかないんだけど、土地も痩《や》せてて とてもそれでは生きていけない」

アイクランサの言葉に、ラエスリールは深い同情を覚えた。

彼女たちの一族は、恐らく過去強大な妖気を受けて妖化してしまった人間だ。晒《さら》された当人ばかりでなく、代々それが引き継がれるとなると、それがどれほど凄《すさ》まじいものであったか想像に難《かた》くない。

完全な被害者である彼らは、しかし外見上に現れた異端の印ゆえに身を隠さなければならなくなったのだ——妖化した人間の中には、上位の妖鬼と間違われ、誤って殺された者もいる。そうでなくても妖気に魔性《ましょう》が誘われて来るかもしれないという恐れを抱く人間たちの中に混じって暮らすのは到底《とうてい》無理な話だ。

それだけでも充分気の毒な話だというのに、加えて押しつけられた短命の運命——時間を玩《もてあそ》ぶどこぞの性悪魔性はどこまで罪深いのか。

しかし、元凶である男は厚顔無恥《こうがんむち》にも「そうなんだ」などと相づちを打っている。ラエスリールはアイクランサに気づかれないよう、男の脛《すね》を蹴飛ばした——人間に化けている男は、しかし何の痛痒《つうよう》も覚えないのか涼しい顔を崩さない。

全《まった》く反省の色がない……。

なぜ自分が胃の痛む思いを味わわなければならないのか——きりきりと痛み出した腹部にそっと手を当てるラエスリールだった。

アイクランサの話は続いている。

「まあ、たったひとつだけ救いはあったけど……妖鬼に間違われるし、短命だしろくでもない呪いだけど、身体能力だけは格段に恵まれたのよ。あなたもそうでしょう?」

水を向けられたラエスリールは、返答に困った。

まさか、「いえ、わたしの怪力は暴走破妖刀を抑《おさ》えるために否応なしに身についたもので、呪われたせいではありません」とは言えない。

そんな彼女の代わりに——助け船のつもりか、単なる揶揄《やゆ》かの判断は微妙だ——答えたのは隣に座る男だった。

「そうそう。真っ赤な呪いに振り回されないよう、力の限りを尽くして抑えこまなきゃならないからねえ」

男の言葉に、ラエスリールの体内でどくり、と震えるものがあった。

『真っ赤な呪い』扱いされた貪欲《どんよく》な破妖刀《はようとう》の怒りを感じながら、ますます強くなる胃の痛みにラエスリールは思わず目を瞑《つむ》る。

そんな彼女の耳に、感心したような男の声が届く。

「そうか、世に名高い仮面の戦闘集団アルバワヌ傭兵《ようへい》団は出稼ぎ目的で結成されたのか……それはさすがに知らなかったな」

「そりゃあ、公《おおやけ》にできることじゃないもの。最初は服で隠れる場所に紅琥珀を持ってる男たちが既存の傭兵団で働いてたのよ。でも、戦死した一族の男を弔《とむら》おうとしてくれた同僚の親切のおかげで紅琥珀の存在が世に広がってしまって……出所を知らないものだから、稀少《きしょう》な宝石扱いで皆珍重するようになったのね。もうそうなると秘密を守れる仲間だけの傭兵団を作るしかなくなったんだと聞いたわ。寝ている間に仲間に肉を抉《えぐ》られ紅琥珀を奪われるなんて羽目には陥《おちい》りたくないもの……でも、おかげでわたしのように顔に印が出た者も外で働けるようになったわ。どういうわけか、見つかりやすい場所に印の出た者のほうが身体能力は高いのよ。ちゃんと仲間にしかわからない細工とか仮面に施してあるから他人が潜りこんでもすぐにわかるし、団員は全員一族だから、戦場で散った仲間の紅琥珀はきちんと回収して故郷に葬ってあげられるし……それでも乱戦の中死んだ仲間の紅琥珀がいくらか世間に出回ってしまったけど……」

と、そこでアイクランサの表情にふっと暗い翳《かげ》りが混ざった。

「アイクランサ？」

思わず声をかけたラエスリールに、本当はまだ十三歳に過ぎない少女はくしゃりと泣きそうな顔を向けた。

「どうしよう……姉さんは仕事先で妊娠が発覚して里に戻る途中で行方が知れなくなったの。わたしと同じで印は顔にあったから、ずっと仮面を着けてたはずなの。その姉さんの紅琥珀が新たに世に出てしまって……この子が生きていたのは本当に嬉しいの。でも、大切にされすぎていたような気がしてならない……本当に慈《いつく》しんでくれていたのなら、母親の形見である紅琥珀を勝手に売りさばくものかしら……？　わたし、この子を取り戻すためにアルゼンブラのことを調べてる間、ずっと気にかかって仕方なかった。あの男が本当に慈悲でもってワンを育ててくれたのか、それとも他に狙いがあって保護という名目で手元から放さずにいたのか……もしそうだとすれば、アルゼンブラの当主の狙いは何なんだろうって……」

恐らくアイクランサのなかで、その見当はついて……いや、すでに確信しているのだろう。

ラエスリールは彼女の放った叫びを思い出した。

『人間の身を切り裂いて富を得ようとする輩《やから》にあの子を渡せるはずがないでしょう！』

確信しながらも、そんな風《ふう》に思う自分をまるで汚らわしいように感じてしまう繊細《せんさい》な心を持つ少女が痛ましくいじらしく、ラエスリールは思わず彼女の手を握りしめた。

「アイクランサ……立ち入ったことを聞いて悪いが、その紅琥珀は外科手術で取り除くことはできないのか？　もしかして、大きな傷が残るような……その、根っこのようなものでもついている、とか……？」

貴重な宝石とされる紅琥珀——そんなものを生身に宿して生きていくことが、負担でないはずがない。

彼らとて、取り除くことをこれまで考えなかったわけではないだろう。だが、それができなかったのだとすれば……そう思うのに、ラエスリールは問わずにはいられなかった。なまじ元凶が隣にいるせいで、妙な罪悪感と責任感を覚えてしまうのだ。

彼女の問いに、アイクランサは小さく「当たり」と答えた。

「琥珀は樹脂の化石だと言われてるけど……この紅琥珀は生きているの。わたしたちの体の成長に合わせて紅琥珀も大きく育つのよ。ワンがこれまで無事だったのは、もしかしたらアルゼンブラの当主がそのことに気づいたからかもしれない。寄生されている……というのが一番近いかしら。わたしたちも、切除することは考えたわ。でも、紅琥珀は必ず脳か心臓か脊髄《せきずい》に根を張っているの。無理矢理琥珀の部分だけ切り離したら、想像を絶する激痛とともに、根を張った臓器がやられてしまう……どのみち無事にはすまないの。紅琥珀がわたしたちの体から剝《は》がれるのは、わたしたちが死んだときだけよ」

なるほど、脳か心臓か脊髄に根を張られては、完全に除去することはまず無理だ。

ラエスリールはもう、何を言っていいのかわからなくなった。

それは確かに『呪い』と呼びたくなるのもわかる。それもこれも闇主のせいだと思うと、いたたまれない。

何とかこいつには責任を取らせないと！

固くこぶしを握りしめ、胸中で固く決意したときのことだった。

隣の元凶が、何かに気づいたかのように声を上げた。

「なるほどねえ……やっと話が繋がった。何でだろうと思っていたら、あいつも大概《たいがい》えげつないな」

暢気《のんき》な口調だが、声にひやりとするような響きが宿っていた。

「闇主……？」

思わず正体を明らかにする名前を口にしたラエスリールに、深紅の魔王は星も見えない上空を見やった。

「そういう話なら、のんびりはしてられないか。その子供、単に眠ってるわけじゃないぜ。隠してあるが、微かに紅琥珀とは違う妖気を放ってる。多分、お前たちが戦っている間に、あいつが接触したんだろう。おい、アイクランサ、お前万が一のときのことを考えて里の位置をその子に教えたか？」

それまでのお気楽そうな——軽いとも言う——態度からは嘘のような真剣な声に、アイクランサがぽかんとした顔で闇主を凝視した。

「え、ええ。本当に万が一のことを考えて……普通子供の足では無理だけど、この子はアルバワヌの子だから、何とかひとりでも辿り着けるだろうと思って……」

「教えたんだな」

念を押すように尋《たず》ねられ、アイクランサがこくりと頷いた。

その瞳には不安が揺れていた。

「なら、決まりだ。里の場所はあっちに知れたぞ。ああ、この子供が口を割ったと言ってるんじゃないぜ？　妖気を感じると言っただろう、妖貴《ようき》にとっちゃ人間の子供の中身を透かし見ることなんて簡単にできることなんだよ。それが頭の中身だろうがな。やつめ、人間にしか出入りできない結界だと気づきやがったな……欲深な人間抱きこんで、里を襲わせるつもりだ」

あいつとは一体誰のことを指しているのか——気にはなったが、今はそれどころではなかった。

「おい、闇主！　それは、妖貴がアイクランサたちの隠れ里を探り出した挙句《あげく》、人間たちを使って襲撃をかけるということか!?　なぜそんな重要なことを今まで黙ってたんだ！」

先ほどからの鬱憤《うっぷん》も手伝って、ラエスリールは力一杯男を殴りつけながら怒鳴りつけた。

多少の罪悪感があるのか、黙って殴られた男が憎らしいぐらい平然と答える——いや、痛くもないのに痛いふりをされても苛立《いらだ》たしく思うに違いないのだが。

「だから今の話を聞くまで繋がらなかったんだよ。あいつがちょろちょろ動いてるのは気づいてたんだが、下手《へた》に探りを入れて刺激するのも得策じゃなかったし、大体あの結界だって普通の人間には気づくことさえできないように作ったんだから、人間がいくら騒いだところで里が脅《おびや》かされることはないと思ってたんだ。万が一里に入られたところで、生半な人間じゃアルバワヌの一族の子供にだって敵《かな》いやしないんだし……」

闇主とラエスリールのやりとりを、真っ青な顔をして聞いていたアイクランサが、そのときぽつりと呟いた。

「急いで帰らないと……ああ、でもきっと大丈夫。そうよ、アルバワヌの一族がそこいらのごろつき風情にどうにかされるわけがないんだから……けれど、里の場所が知れたことは早く長老に報告しないと……！　ワン！　起きてちょうだい、ワンシード！」

未《いま》だ意識を取り戻さない子供を揺さぶるその手が震えている——不安が的中したのだ、動揺しないほうがおかしい。

しかし、ラエスリールには殊勝《しゅしょう》な面を見せたばかりの男は、根っこの部分で血も涙もないと痛感させられる台詞を平然と口にして、彼女《アイクランサ》にさらなる衝撃を与えた。

「いや、あいつが噛《か》んでるんだから無事にすむとは考えないほうが……」

いい——とでも続けようとしたのだろうが、ラエスリールはそれ以上言わせなかった。

たった十三の子供に追い打ちをかけてどうするというのか。

彼女は闇主の襟元に掴みかかりながら、噛みつくような口調で告げた。

「闇主！　お前の過去の悪行が原因だ！　長年たまったつけ、アイクランサたちに払ってもらうぞ！　否《いな》とは言わせん！」

返答次第では紅蓮姫《ぐれんき》を出してでも——という彼女の気迫が伝わったのか、食えない男はしかし珍しく真面目な顔で応じた。

「言わないよ。それに、あいつがおおっぴらに動いたんなら、これ以上手控えする必要もない。押しかけだろうがなり損ないだろうが、……は……だ。最初で最後の願いぐらいは聞いてやらないとな」

言葉の大半は意味不明だったが、闇主が本気であることは伝わってきた。

よかった、と心から思った。

アイクランサたちの里の安全を確信したからなのか、それとも闇主の貴重な真摯《しんし》さを目にしたからなのか——どちらの理由でそう思ったのかまでは、まだわからぬままであったけれど。

※

琉黄《るおう》は優しい魂《たましい》を知っていた。

生まれ出でる前から世界を愛していた娘を知っていた。

誕生の暁《あかつき》には自《みずか》らの魂の伴侶《はんりょ》となるだろう存在《そんざい》を、彼はずっと心待ちにしていたのだ。

だが——。

優しすぎる愚《おろ》かな魂は、自《みずか》らが与えられる絶対に近い力を、老いさらばえ死に瀕《ひん》していた老樹に与えることを選んだ。

自らをその老樹と同化させることで、身動きひとつ自由にできない存在となることを選んだ愚かな娘のことを、琉黄は一度切り捨てた。

樹妖《じゅよう》などという中途半端なモノに成りはてた魂に、最早《もはや》興味など抱けなかったのだ。

度《ど》し難《がた》い愚かな娘――きっと早晩自らの取り返しのつかない選択を悔《く》い、優しさを呪詛《じゅそ》に塗り替えて歪んでしまうに違いないと思った。世界に繋がり絶対に近い力と自由をすでに選んでいた彼にとって、それは想像でも推測でもなく絶対の結論だった。

だから、こうなることは決まっていたのだろう。

愚かな魂は最後の最後まで、愚かな選択しかしなかった。

娘が全身全霊を以《もっ》て守り抜いた脆弱《ぜいじゃく》な者たちは、彼女の存在をかけた好意を今では呪いだと言い放っている。

ならば、もう――いいだろう。

琉黄は愚かで哀れで……すでにかけらしか残っていない魂に語りかける。

……もう、その不快極まる残滓《ざんし》を洗い流しても。

――構わないだろう……？

と――。

5

男たちは、自分たちがどうやってそこに辿《たど》り着いたのか覚えていない。

グルティアのアルゼンブラ邸で、子供と女戦士を尾行した男からの報告を待っていたのは覚えている。

鳥を用いた最後の連絡では、ふたりは北の森に入り、なおも北上しているということだった。目的の隠れ里に着くのは明日以降になるだろうとのケアリスの言葉に、それまでの緊張が解け、羽目《はめ》を外さない程度で酒に手を伸ばしたのだ。

癇性《かんしょう》なアルゼンブラの奥方が、何を思ったか先ほど届けてくれた差し入れの酒は、普段では絶対に手が出ない高級品で、喉《のど》ごしの良さについつい呑《の》みすぎたのか……。

気がつけば、黒衣の青年——ケアリスの話ではどこかの王族だか貴族だかだということだ——が部屋にいた。

そして……それからのことが、よく思い出せない。

いや、思い出す必要性を感じないのだ。

今も、ここがどこなのか――ぼんやりとは思うが、だからと言って絶対に知りたいとまでは思えない。

どうでもいいことだと感じるのだ。

「あそこだ」

小高い丘の上で、黒衣の青年が眼下の村を指さした。

抑揚《よくよう》のない声だというのに、頭に直接飛び込んでくるような力に溢《あふ》れた声だった。

「あそこがお前たちの雇い主が求めて止まない宝の山だ……反撃のほうは心配しなくていい。皆、夢も見ずに眠っているからな。お前たちはただ雇い主の命令に従えばいいだけだ……」

雇い主――と、男たちはぼんやりした頭で考える。

雇い主とはケアリス・アルゼンブラのことだ。グルティアの事実上の支配者で、王侯貴族にも広く人脈を持つエスコー有数の豪商。

そうだ、そのケアリスに自分たちは腕を買われて雇われたのだ……決して公《おおやけ》にはできない内容の仕事のために。

ケアリスは言った――村ひとつを滅《ほろ》ぼせ、と。

いや、正確にはある村にいる若い女と子供らを捕まえ、男や老人は殺し尽くせと言われたのだ。理由は簡単明瞭《めいりょう》で、手に入れた女子供の足取りを摑《つか》ませないため、だ。

何とも生臭《なまぐさ》く非情な話だったが、用意された謝礼の額は男たちの理性や良心を眠らせるのに充分な威力を持っていた。もともとそうしたものが薄い人選だったのかもしれない。

だが、それ以上に男たちを興奮させたのは、それがアルバワヌ傭兵団《ようへいだん》の団員を輩出《はいしゅつ》する特別な村だということだ。

仮面の武闘集団――アルバワヌ傭兵団は、剣を持つ者にとって、決して無視できぬ存在だった。団員全員が奇妙な仮面を着けていることばかりが有名だが、その実力は半端ではない。ひとりひとりが一騎当千の強者《つわもの》ばかりなのだ。

彼らが雇われた商団を襲おうなどと思うのは、無知で愚《おろ》かな盗賊だけだ。

彼らが契約した将と敵対する側に雇われるのはその恐ろしさを話でしか知らず、高をくくっている思い上がった輩《やから》だけだ。

それぐらいに、アルバワヌの戦闘能力は際《きわ》だっている――いかに傭兵たちが留守の村とはいえ、普通だったらケアリスの依頼に二の足を踏むところだ。村には傭兵を引退した往年の猛者《もさ》や入団を待つばかりの青年もいるはずだからだ。

だが、彼らの力については黒衣の青年が仕掛けを施すから反撃の心配はいらないと言われた瞬間、男たちのなかには、じわりと黒い欲の炎が生じたのだ。

何者もその仮面を外させることのできないと言われるアルバワヌ傭兵団員――その仮面を引き剝がすことができるのなら……。

なまじ腕があるだけに、この誘惑に男たちは逆らえなかった。

冷静になれば、実力でなさねば意味のないことだとわかるはずのことが、男たちの脳裏《のうり》に浮かぶことはなかった。

彼らの仮面を引き剝がし、命を絶つ――無敵と称される傭兵を、自分たちが蹂躙《じゅうりん》するのだ。

ぞくぞくするような興奮と誘惑に、男たちは身を任せた。

そして今、その望みが果たされる……ぶるり、と身を震わせたのは武者震いというものだ。

黒衣の青年が、静かな声で告げる。

「行け。行ってお前たちのなすべきことを全うしろ」

それは、男たちにとって暴虐《ぼうぎゃく》への許しの言葉だった。

踏みにじられる女性や子供への憐憫《れんびん》も、無抵抗で殺される相手への同情もない――ただただどす黒い欲望を満たすことしか考えられぬまま、男たちは村を目指した。

凶暴で醜悪《しゅうあく》な衝動が、不自然に煽《あお》り立てられていることにも気づけないまま。

人間《ひと》の姿をした残虐《ざんぎゃく》な魔獣《まじゅう》が、山間の隠れ里に襲いかかったのである――！

※

魔性《ましょう》の力は便利なものだと、ラエスリールは時々思わずにいられない。

一応妖主《ようしゅ》の娘として生まれ、命そのものもかつては二つ持っていたのだから、自分も正真正銘の魔性には違いないのだが、術のひとつも使えない身としては、軽々と術を用いる知り合いたちが羨《うらや》ましくてならなく思うときがあるのだ。

特に瞬間的に望む場所に移動できる術には魅力を感じている。

今回にしても、だ。

ちょうど闇主《あんしゅ》が折良く合流してくれたから、アイクランサたちの村の異変に時をかけずに駆けつけることができた。もしも自分たちだけであったら、少女と子供のふたりを待っていたのは廃墟と化した村だったかもしれない。

だから、つい無駄と知りつつも「わたしにも使えないかな」と呟《つぶや》いてしまったのだが、「無駄」の一言で却下《きゃっか》されてしまった。

無理ならわかるがなぜ無駄なのかと以前尋《たず》ねたところ、「おれがいるのに術なんか覚える必要はないだろ」という答えが返ってきた。幼少の頃、弟にも似たようなことを言われたのを思い出し、ほんの少し切なくなったのは内緒《ないしょ》だ。

目指す村はほんの目と鼻の先だ。本当は村に直接移動してもよかったのだが、アイクランサにやめて欲しいとお願いされて折れた格好《かっこう》だ。

一刻も早く村に戻りたいはずの少女のそのお願いに疑問を覚えたのに気づいたのだろう、闇主がくすくす笑いながら教えてくれた。

「いや、いくら何でも呪《のろ》いの元凶に連れられての帰郷ってのは気が進まないどころの話なんじゃないのか？」

ばつが悪そうにアイクランサが目を逸《そ》らすのを見て、ラエスリールは深く息をついた。

黙っているつもりはなかったが、半《なか》ば以上自分がばらしたことで、アイクランサを困惑《こんわく》させてしまったことが申し訳ないのだ。まさか、呪われ仲間と信じていたふたりの内の一人が、当の呪いの元凶だとは、きっと知りたくない真実だったに違いない。

自分がアイクランサの立場だったら、やはり知りたくはなかったろうと思うからなおさら申し訳なさは募《つの》るのだ。誰だって自分たちの不幸の源《みなもと》に、「へえ、そう大変だねえ」なんて言われたくはない……平然とそういう真似《まね》ができる性格の悪さも、あまり知りたいものではないだろう。いたいけな少女にあまり現実の厳しさばかりを見せつけてほしくはない。

「……もっともな話だ。少なくとも今のお前の姿を見れば、同じ被害者とは到底《とうてい》思えないだろうからな。連れのわたしまで疑われそうだ」

左目の深紅《しんく》だけならアイクランサと同じように受け止めてもらえるかもしれないが、髪も瞳も纏《まと》う気配《けはい》までも深紅の魔性の青年と並んでの登場ではそれも難しいに違いない。

一緒にはいるが、決して共犯関係にはないのだ……いや、自分の事情で彼を巻き込んだことはあり、そちら方面では共犯と言えないこともないが、彼の悪さに協力した覚えはないので、そう思われるのはやはり迷惑だ。

いっそ、闇主はここで待たせておいて、自分とアイクランサたちだけで村に向かおうか——などと少々薄情なことをラエスリールが思ったときだった。

「……少し、出遅れたか」

ぼそりと洩《も》らされた闇主の言葉が耳に飛び込んできた。

思わず顔を上げると、深紅の魔王が厳しい眼差しを村があるという方角に向けていた。つられてそちらに目をやれば……。

墨《すみ》のような闇《やみ》に立ち上る——あれは。

「煙と……炎!?」

ぎょっとしたように、アイクランサも振り返った。

その瞳《ひとみ》に恐怖が宿る——当たり前だ、村には友人も家族もいるはずなのだから!

「お父さん！　お母さん！」

叫びながら駆け出そうとした彼女の腕を咄嗟《とっさ》に摑《つか》まえられたのは運がよかった。

そうでなければこの土地に慣れていない自分が追いつく前に、少女は村に飛び込んでいただろう。いくら戦場を知っていようとも、子供は子供だ。冷静さを失った状態で修羅場《しゅらば》へ飛び込むのは危険すぎる。

「アイクランサ、あなたたちはここで待ってるんだ。闇主が言っただろう、あなたたちを狙う妖貴がどんな罠《わな》を仕掛けているかもわからないんだ。しゃにむに飛び込んだところで身動きが取れないのではみすみす殺されに行くようなものだ」

家族を案じる少女にとって、理不尽なことを言っている自覚はある。

理性ではわかっても、感情は納得しない――そんな思いがあることを、自分だって知っている。だが、だからこそここで彼女を行かせるわけにはいかないのだ。もし……家族や知人の惨《むご》い様を目《ま》の当たりにするようなことになったら、まだ幼さの残る心にどれだけ大きな傷を負うかしれないのだ。

「でも……だって村には怪我で療養中の父さんと母さんが……！　いつもだったら父さんがきっと母さんを守ってくれるけど……っっ！　魔性が何か仕掛けたのなら、なおさらそのことを皆に知らせなきゃ……！」

暴れて腕を振り払おうとするが、怪力ではラエスリールも負けてはいない――しっかりと腕を摑《つか》んだまま、はっきりと告げた。

「わたしが行くから!」

「え?」

「わたしが行く。行って、襲撃者から村を守る……妖貴の仕掛けた罠《わな》が人間に向けたものなら、わたしには効かないからな、大丈夫だ」

何を言われたのか一瞬理解できない様子で、アイクランサがラエスリールを見つめた。

「な、何を……何で……」

ただでさえ動揺している少女を、さらに混乱させるようなことは言いたくなかったが、今使える札はこれしかないのだ――ラエスリールは我が身の秘密を告白した。

「わたしは、魔性だから」

だから、妖貴《ようき》の罠は効かないんだよ――。

淡々と続けた言葉に、アイクランサは大きく目を瞠《みは》るばかりだった――。

※

欲望に身を委《ゆだ》ねた人間とは、何と滑稽《こっけい》で醜悪《しゅうあく》な姿を晒《さら》すことか——。
村の上空に佇《たたず》んだまま、琉黄《るおう》は眼下の光景にくつりと喉《のど》を鳴らした。
人間が人間を殺す——それはどんな大義名分を上げたところで利害と欲望に起因するもので
しかない。憎悪でもって人を殺すことも所詮《しょせん》は同じだ。憎悪は殺意という欲望の引き金だ——
強ければ強いほど、引き金を引くのは容易《たやす》くなる……。
「わたしも人のことは言えないが……」
自分もまた憎悪という甘い誘惑に身を任せ、この醜悪な舞台を用意したのだ。
彼女——妖貴として生まれれば、『七琉《しちり》』という真名《まな》を纏《まと》ったであろう……なり損ないの樹《じゅ》
妖《よう》——を奪った世界を運命《さだめ》を人間を呪い憎んだ。自分を選ばなかった彼女を憎んだ。彼女が死
してなお人間を守ろうとしたことが認められなかった。
そして……守られている人間が、彼女の魂《たましい》までも用いた守護の術を呪いと呼んだことが、ど
うしても許せなかったのだ。
かつて、彼女が根を張った土地の近くで、柘榴《ざくろ》の妖主が悪戯《いたずら》を仕掛けた。時を支配する気ま
ぐれな魔王は、思い出したように時と人間を玩《もてあそ》んだ。
気ままな方で困っている——と、彼の王の側近である青年は零《こぼ》していたが、その瞳には常に
彼の王に仕える喜びが溢《あふ》れていた。

そんな青年の姿を目にする度《たび》、琉黄は樹妖のことを思った。

妖鬼にも劣る運命を選んだ愚《おろ》かしい娘ではあったが、それも悪くはないかと思うようになっていた。もしも彼女が妖貴として生まれていたら、高い確率で彼《か》の王に仕えることを選んだであろうことを知っていたからだ。

全員ではないが、真名に数字を持つ者はどうしようもなく彼の王に惹《ひ》かれる傾向が強い。側近である青年も九という数字を持っていた。

彼女があの青年のように、きらきらと瞳を輝かせ、彼の王のことを語ることを想像するだけで苛立《いらだ》ちが胸を掻《か》きむしる。今さらあり得ないことだというのに、だ。

だから、彼女の近くに彼の王が来ることに不安を覚えなかったといえば嘘《うそ》になる。

だが、同時に彼の王の実力を考えれば標的以外の土地や存在に力を零《こぼ》すとも思えず、静観を決めこんだのだ。

それが、間違いだった。

まさか樹妖となってまで……数字の真名を纏わずとも、彼女が柘榴の妖主を主に選び、揮《ふる》われた力の影響を受けるとは思わなかったのだ。

樹妖は悲鳴を上げながら、ただひたすらに選んだばかりの……いまだ忠誠を誓う許しすら与えられていない主を呼び、助けを請《こ》うた。自《みずか》らのためではなく、自分が加速した時の影響を受けたせいで巻き込まれるであろう近隣の人間たちを救うためにだ。

そして、彼の王は珍《めずら》しくも中途半端な救いの手を差し伸べたのだ。

彼女に引き寄せられ……彼女が我が身を化石に変えても完全には止められなかった加速した時を、彼の王は緩やかな流れに変えた後、彼女の中に戻したのだ。

だが、それ以前に受けた強大すぎる力の奔流《ほんりゅう》に、樹妖の身は限界を迎えていた。彼の王が揮《ふる》ったものとは比べものにならないほど緩やかな流れに変えられた時間にさえ耐えきれず、ついに樹妖は力尽きた——深紅の琥珀《こはく》だけを残し、魂の欠片までも琥珀に溶かして消滅した。

最古《さいこ》にして最大の紅琥珀《こうこはく》の結晶は、彼女自身であったのだ。

死してすら、選ぶのは深紅だと告げられたようで、琉黄は不愉快だった。直視するのがイヤで目を逸《そ》らした一瞬に——彼の王は信じられない行動を起こしたのだ！

彼女自身であり彼女の形見でもある紅琥珀の結晶を、柘榴の妖主——千禍《せんか》はあろうことか小さく砕くと、それを近隣の人間の血に溶け込ませたのだ！

彼女が受け止めきれなかった速すぎる時流から、人間たちを守るために——たかだか人間風情を守るために、彼の王は彼女を切り分け、投げ与えるような真似をしたのだ！

許し難い暴挙だった。

すぐにも人間たちから彼女の欠片《かけら》を取り戻したかったが、そんな琉黄の思惑《おもわく》を読み取ったかのように、深紅の魔王は瞬時に人間たちを隠してしまった。

以来ずっと、琉黄は彼女の欠片を取り込んだ人間たちを捜し続けてきた。

魔王の結界から彼らが出てこなければ、恐らく今でも追い求めていただろう……手がかりを見つけるきっかけとなったのは、欲に目が眩《くら》んだ人間のおかげだった。誰よりも無欲であった彼女が、欲深い人間によって引きずり出される——吐き気がするほど醜悪な構図に、しかし琉黄は興味を覚えた。

ならば徹底的に人間の欲を利用しようと考えたのだ。

ケアリスを利用し、村を喜んで破壊するような人間を集めさせた。凶暴性を助長する術をかけた男たちに、彼女が守ろうとした者たちを蹂躙《じゅうりん》させるのは、我ながら悪趣味だと思ったが、それでもやめる気にはなれなかった。

尤《もっと》も、人間の介在を許すのはそこまでだと決めてはいるのだが。

ケアリスなどに彼女の欠片を渡せるはずがない。地上に散らばる彼女の欠片はひとつ残らず炎でもって灼《や》き尽くすのだ……その身に宿す人間ごと。

そうして初めて、自分は心の安息を得るだろう……二度と誰のものにもならない彼女の記憶を抱きしめることで、ようやく安心できるのだ。

その瞬間が待ち遠しくてならない。

早く、早く——と琉黄は思った。

積もる澱《よど》みが濃ければ濃いほど、醜悪であれば醜悪であるほど、強く美しい浄化の炎を生み出すことができる。

最高の炎で彼女を送るためにも、澱みは必要だった——。

6

村に駆けつけたラエスリールが最初に気づいたのは異臭だった。

血臭ではない。だからまだ誰かの血が流されたわけではない。

だが——。

これは、なんだ?

口元を押さえながら、彼女は自問した。

吐き気を催《もよお》す腐敗臭にも似たこの臭《にお》いならざる臭いは——。

最初に疑ったのは村の入り口に荷物のように放り出された女性と子供たちのことだった。ぴくりとも動かない様子に、まさかと思ったのだ。

外傷を与えずに命を奪う方法はいくらでもある。まさか妖貴《ようき》が人間を殺すために毒を用いるとは思えないが、毒気が生命力を殺《そ》いだという可能性はある。

駆け寄り、ひとりひとり脈と呼吸を確かめ、異状のないことにようやく安堵《あんど》の息をついた。

彼女たちが臭いのもとであったなら、アイクランサに申し開きできないところだった。

しかし、この臭いが気になる。いや、自分が臭いだと認識しているのは、実際は濁り澱《よど》んだ何者かが放つ『気』だ。

これはかつて倒した、水棲《すいせい》の妖鬼《ようき》の住処《すみか》に立ちこめていたものに似ていることに気づく。甘い香りで若い女性を沼に誘いこんでは喰《く》い殺していた肉食の妖鬼は、澱み腐った水の臭いを纏《まと》っていた。

これは、そのときに感じたものとよく似ている。

だが、ここには紅琥珀《こうこはく》以外の妖気《ようき》は感じられない。肉食の妖鬼が紛《まぎ》れこんだわけではないのだ……だのに、気を抜けば嘔吐《おうと》の発作《ほっさ》に襲われそうなほど、強烈な腐気を感じる。

これは一体どういうことなのか。

そう思い、ラエスリールが村の奥に目を向けたときのことだ。

聞くだけで心臓が捻《ねじ》られるような絶叫が響《ひび》き渡った！

「なんだ!?」

反射的にラエスリールは声のしたほうへ駆け出した。

そこで。

彼女は凄惨《せいさん》の一語に尽きる光景を目にすることとなったのだ。

剣を持った男たちが、倒れた男性のぐるりを囲んでいた。

倒れた男性の衣服は胸のあたりが切り開かれていた。そこから覗く深紅《しんく》の輝きに、ラエスリールはぎくりとした。

そのすぐそば——鍛《きた》え上げられた胸筋をざっくりと裂く傷が走っていたのだ。

まさか。

ラエスリールは目を瞠《みは》った。

男たちはげらげら笑いながら、傷口を抉《えぐ》るほどではない深さで剣先を動かしていた。それがある一点を掠《かす》った瞬間、男性の体がびくりと痙攣《けいれん》し、魂《たまげ》消るような叫び声がその口から迸《ほとばし》る。

もう、疑う余地はなかった。

男たちは男性の胸にある紅琥珀を取り出そうとしているのだ！　胸にある紅琥珀なら、その根は心臓に繋がっている——知ってか知らずか、男たちはその根を剣で傷つけているのだ！

「やめろ！」

気づけばラエスリールは叫んでいた。

男たちを押しのける勢いで男性の傍《そば》に駆け寄ると、傷の具合を確かめる——詳しいことはこれだけではわからないが、胸部に走る傷はさほど深くない。心臓に近い部分の根が傷ついていなければ、治療すれば大事には至らないかもしれない。

しかし、そんな彼女の行為は、男たちにとっては面白《おもしろ》くないものだったらしい。

「姉ちゃん、邪魔だよ、退け」

「そうだよ、若い女は殺さないよう言われてんだ。って、あれ？　姉ちゃん、なんで意識があるんだ？」

「もしかして村の外に出ていたのか？　せっかく難を逃れられそうだったってのに馬鹿《ばか》だなあ、あんた。いっそ朝まで戻って来なけりゃ助かったかもしれないってのに」

げらげら笑う男たちは、ラエスリールが剣を持っているにも拘《かか》わらず、警戒する様子も見せない――。

女だと思って侮《あなど》っているのか？　だが、アルバワヌの女戦士は男にとっても侮れない実力を持っているはずだ……現にアイクランサの力は侮れるものじゃない。なのに、こいつら……。

なにかがおかしいと、ラエスリールは気づいた。

だが、それは形を成《な》す前に、別の激しい思いに吹き飛ばされてしまった。

「退けよ、姉ちゃん。おれたちはお仕事してるんだよ」

「そうそう。この赤い石を切り取って来いってのが雇い主からの命令でよ」

「面白いんだぜ。こいつ、名の知れた傭兵《ようへい》のくせに、こんな浅い傷口突かれただけでぎゃあぎゃあ叫びやがるんだ。とんだ評判倒れだよな、アルバワヌなんて大したことねえんだな」

「違いねえ！　どこの坊やだって言いたくなるよな！」

アルバワヌの民の秘密を中途半端にしか知らされていないのだろう、異様に興奮している様子の男たちが嘲《あざけ》りも露《あらわ》に笑い合う。

その瞳《ひとみ》に理性的な光はなく、加虐《かぎゃく》行為に興奮したぞっとするような歓喜《かんき》の色だけが浮かんでいる。

それを認めた瞬間、ラエスリールの中で何かが弾《はじ》けた。

「……ろ」

怒りに震える声は、男たちの笑い声に紛《まぎ》れて相手には届かない。

「あん、なんだ？」

「だから、退いてろって、姉ちゃん」

ラエスリールの様子には気づかぬ様子で、なおも剣先を男性の傷口に男のひとりが近づけようとする。

その刹那《せつな》のこと——。

「やめろと言ってるんだ！」

彼女の怒声とともに、灼熱《しゃくねつ》の炎にも似た激しい怒気が爆発した！

気迫と呼ぶには強すぎる力を叩《たた》きつけられた男たちは、何が起こったのかもわからぬままにばたばたと倒れ込んだ。

魔性の王とさえ死闘を繰り広げてきた彼女の気は、すでに大抵《たいてい》の人間に耐えられるものではなくなっていたのだ。あとで聞いたところ、彼女の一声で、襲撃者全員の意識が奪われたのだという。

だが、そんなことはこのときの彼女の知るところではない。

何が起こったのか、自分が何をしたのかも理解できぬまま、思わず首を傾《かし》げたラエスリールに、冷ややかな声がかけられたのは次の瞬間のことだった。

「なぜ、邪魔をする？」

肌を突き刺す剣呑《けんのん》な視線は空中から注がれていた。

ラエスリールはゆっくりと顔を上げ、声の主と視線を合わせた。

漆黒《しっこく》の魔性は、不機嫌な面《おも》持ちで彼女を見下ろしていた――。

※

ひたりと合わせた視線を、ラエスリールも妖貴も自分から外そうとはしなかった。

「お前の真意はなんだ」

ラエスリールはこの騒ぎの黒幕と思《おぼ》しき妖貴に問いかけた。

「アルバワヌのひとたちの意識を奪って抵抗できないようにしたのはお前の仕業だろう。それにこの男たちも……明らかに何かがおかしかった。意識に干渉《かんしょう》したんだろう。そんなことをして、お前は何を求めてるんだ」

宙に浮いたまま、黒衣の青年はすぐには口を開かなかった。

「……先に問うたのはわたしなのだが？」

自分は答えず、わたしだけに答えろと言うのかね。

不機嫌そうにそう返してきた妖貴に、ラエスリールは「それは悪かった」と謝罪した。確かに一方的に解を求めるのは礼儀に反すると思ったのだ。

「では、なぜ邪魔をするのかというお前の問いに対する答えだが、むざむざひとが嬲《なぶ》り殺しにされるのを黙って見てはいられないから、だ。おまけにこの男たちの様子もおかしかった……ならば、あとで悔やむような真似《まね》は止めておくべきだと思った。これでいいか？」

律儀《りちぎ》に説明つきで答えたラエスリールに、相手は少しだけ唇《くちびる》の端をあげた。

「噂《うわさ》には聞いていたが、王蜜《おうみつ》の姫君は風変わりでいらっしゃる。まあ、いい……わたしが答える番か。わたしはかつてわたしの手からこぼれ落ちた光の欠片《かけら》を取り戻した上で改めて弔《とむら》いたいと思っているだけだ。姫君はあなたの王からお聞きになってはいないのか？　紅琥珀はかつてあなたの王に忠誠を誓った樹妖《じゅよう》だったのだ。だが、それ以前に彼女は生まれる前からわたしのものだった。王が勝手に使った彼女の欠片を、わたしが取り返すのは正当なことだと思うが……違うかな？」

それは初耳だった——もともと隠し事の多い闇主《あんしゅ》だから珍《めずら》しいことではないが、もしかして自分は大昔の三角関係のいざこざに、巻き込まれたのだろうか……？

そう思った瞬間、胸の奥がざわざわした。気持ち悪い。

だが、それはラエスリールの勘違いだったようだ。妖貴がくつりと笑いながら否定したのだ。

「姫君が考えてらっしゃるようなことではない。言っただろう、彼女は柘榴《ざくろ》の君に忠誠を誓っていた、と。ただ、主だからと言って、配下を勝手に利用するだけ利用して放り出していいということにはならないとは思わないか？　わたしは捨て置かれたわたしのものを取り戻そうとしているだけだ」

と、その時、突然第三の声が割り込んだ。

「お前が何をどう考えようとお前の勝手だがな、琉黄《るおう》。おれは捨て置いた覚えはないぞ。第一、加速した時流からアルバワヌの民を守りたいと願ったのは他でもないあいつだ。お前こそ、あいつの意志を無視するのはやめるんだな」

いつのまにか、アイクランサとワンシードを伴った闇主が室内に出現していた。

その姿を認めた瞬間、青年——琉黄の顔が憎悪に歪《ゆが》んだ。

射殺せそうな眼差《まなざ》しを闇主に向けながら、「柘榴の……」と洩《も》らす声は怒りに震えていた。

「守る価値もない者をいつまでも守らせておくつもりはないだけだ。生まれたその日の内に老《ろう》衰《すい》死する運命から守ってもらっているくせに、たかが他より寿命が短いというだけで、呪《のろ》いなどと言い放つ輩《やから》のもとにどうしてあいつを置いておかなければならない⁉」

叩きつけるような言葉に、アイクランサがびくりと肩を震わせた。

呪いのせいで寿命が短いのではなく、守られているおかげでひとの半分程度とはいえ生きることができるのだと知らされ、彼女の顔は見る間に血の気を失っていく。

だが、彼女たちがそう思いこむのは無理のないことだ。人間に魔性のもたらした事象を完全に理解しろというほうが無茶なのだから。

「あー、琉黄と言ったか？　お前のしたいことはわかったが、そうした場合アルバワヌのひとたちはどうなるんだ？　あと取り戻した紅琥珀をどうするつもりなのか訊《き》いてもいいか？　どうもその様子だとアルゼンブラとかいう商人に渡すつもりはなさそうだが……」

緊迫《きんぱく》したふたりの青年の間に入るのは気が進まなかったが、これだけは訊いておかねばならないと、今度はラエスリールが割り込んだ。

そして、それは正解だったのだ――訊かなければ後悔することを、琉黄は平然と言い放ったのだから。

「あなたが心配することではない、姫君。この者たちも紅琥珀も、柘榴の君の戯《たわむ》れに巻き込まれた時点で命はなかったのだから……諸共《もろとも》に炎で浄化するだけだ」

さらりと惨《むご》いことを言う――浄化と言えば聞こえはいいが、生きた人間にとってそれは焼き殺されるのと同義だ。

とても看過《かんか》できることではない。

「残念だが、琉黄。どうやらわたしはお前の望みを果たさせるわけにはいかないようだ……紅琥珀に封じられた時の流れがもっとゆっくりになるまで待つわけにはいかないのか？　確かに大切な者の命をかけた守護を呪いだと誤解されては面白くないだろうが、今度はアルバワヌのひとたちも間違えずに伝えていくはずだ」

そうだな、と目線で問いかければ、アイクランサがこくこくと頷《うなず》いた。

だが、琉黄がこの提案に頷くことはなかった。

「……今さらだ、姫君。わたしはもう待つのは飽《あ》きたのだよ」

予想できた答えだった。

ラエスリールは「そうか」と頷くと、深く息を吸い込み、吐いた。

そうして体内に息づくもうひとつの存在の名を呼ぶ。

「紅蓮姫《ぐれんき》！」

その瞬間、ラエスリールの肉体は金色に輝き、その光が消えたとき、彼女の手には真紅の破《は》妖刀《ようとう》が握られていた。

互いに譲《ゆず》れぬものを巡って、命がけの戦いが始まる……。

※

「七琉《しちり》」

自分以外の誰かが彼女の名を呼ぶのを耳にする日が来るとは想像もしていなかった。

最後の最後まで、自分は柘榴の妖主には敵《かな》わないらしい……そう思っても、もう悔《くや》しさも憎悪も湧いては来なかった。

貪欲な破妖刀に命とともに激情まで喰《く》われてしまったのかもしれない、と遠くなる意識の隅《すみ》で琉黄は思った。

「お前の願いは今果たされる。お前が封じた時はおれの中に戻った。もうアルバワヌの民の身に速すぎる時が降りかかることはない――」

お前はもう、解放された。

呪《じゅ》でもなんでもない変哲もない言葉の羅列《られつ》が、なぜこの声で紡《つむ》がれただけでこうも魅力的に響《ひび》くのか――存在の放つ力とは、こんなにも鮮明にすべてに影響を与えるのか。

ぼんやりと思いながら琉黄は思わず自嘲に口元を歪めた。

命を失うこのときになって、ようやく真実に気づくとは、我ながら愚《おろ》かすぎるというものだ。まさか自分の執着《しゅうちゃく》が、樹妖《じゅよう》である彼女を縛《しば》る鎖《くさり》となっていたとは……柘榴の妖主は彼女とアルバワヌの民を放置していたわけではなかったのだ。

自分が死ぬか、彼女への執着を解くかしなければ、彼にも彼女を解放するための条件を整えることができなかったのだ。

そして自分は結局前者を選ぶことしかできなかった。

生まれすらしなかった魂《たましい》の伴侶《はんりょ》――樹妖となってからも幼《おさな》いまま、自分の想《おも》いに気づきもしなかっただろう娘を、忘れることができなかった。

だから――こうなることは最初から決まっていたのだろう。

大した道化《どうけ》ぶりだが、何度やり直そうと同じことを繰り返すであろう自分を確信できるから、もうこれは人間がよく使う運命とやらのせいにしてしまおう、と思う。

実に都合の良い言葉だ。

「……れが、……いい……」

くすりと笑いながら呟《つぶや》くと、死がいよいよ近づいたのかあり得ない声が聞こえたような気がした。

「琉黄……というのね」

想像した通りの声だ——だからこそ、これは幻聴《げんちょう》に違いない。

彼女は生まれることなく声を持たぬ存在として生きることを選んだのだから。

「琉黄」

だが、悪くはない、と彼は思った。

命の終焉《しゅうえん》に、幻聴でも彼女をそばに感じられるなら悪くないどころではない。

「七琉……」

「琉黄、ごめんなさい……ごめんなさい、琉黄」

おかしいと、琉黄は思った——彼は彼女に謝ってほしいなどとは思ったこともないのだ。

なぜ、想像の埒外《らちがい》の幻聴が聞こえるのだろう。

あまりに不思議だったので、気怠《けだる》さを圧《お》して彼は重い瞼《まぶた》を持ち上げた。すると鼻がぶつかりそうな距離に、見たこともない少女の顔が透けて見えた。

「琉黄……琉黄、ごめんなさい。あなたは強いひとだから、わたしがそばにいなくても大丈夫だと思っていたの。だけど人間は脆《もろ》くて弱いから、そばにいてあげなくちゃって……ごめんなさい。違ったのに……本当は違ったのに、気づけなくてごめんなさい……！」

実体も持たない幻覚のくせに、少女はぼろぼろと泣いていた。

こんな顔をされたのでは、末期だからと甘い夢を期待することもできないではないか。

小さく苦笑し、琉黄は少女に答えた。

「なにを自惚《うぬぼ》れているんだ。わたしはお前などいなくても平気だったとも。面白おかしく好きに生きて来たのだ、悔《く》いはない……だから」

泣くな――。

最後の言葉は声にできたかどうかわからない――それでも、これぐらいは伝わるだろうと琉黄は静かに目を閉じた。

それと同時に少女の姿もほろほろと花が散るように消えたのだが、彼がそれを知ることは永遠になかった……。

エピローグ

襲撃の夜から一夜明けた朝、アルバワヌの里は大きな喜びに包まれていた。

代々苦しめられてきた紅琥珀《こうこはく》が村人の体から消えていたのだ——建物の一部が火事で焼失するという被害はあったものの、それ以外に異状は認められない朝に訪れた突然の奇跡を、説明するのはアイクランサとワンシードの役目だった。

何しろ、襲撃者のことを覚えているのはふたりきりだったから、村人に事情を伝えられるのもふたりしかいなかったのだ。

襲ってきた男たちに傷を負わされたはずのイルアンスは、なぜか綺麗《きれい》に怪我《けが》が治っていたし、「酷《ひど》い夢を見た」と零《こぼ》すだけで、どうも覚えている様子はない。

おかげでふたりは行く先々で話を強請《ねだ》られることになったが、これがワンシードが村に馴染《なじ》むよいきっかけになった。それ以上に、ふたりは消えた紅琥珀の真実を今度こそ誤《あやま》りなく伝えなければならないのだと固く誓い合っていたから、喜んで知り得る全《すべ》てを語り聞かせた。

尤《もっと》も——ひとつだけ、ふたりだけの秘密に留《と》めたことがあったのだが。

「やっぱりね、優しい紅琥珀が慕《した》ったのが、あんな性格の悪いひとたちだったということだけは秘密にしておいたほうがいいと思うのよ」

真紅《しんく》の青年にしろ漆黒《しっこく》の青年にしろ、お世辞《せじ》にも善良とは呼べない人物だった。

せっかく健気《けなげ》で優しい紅琥珀のイメージを村人に植え付けようとしているのに、男の趣味は最悪だったなどという事実は不要どころか邪魔にしかならないではないか。

「うん、ぼくもそう思う」

ワンシードの同意もめでたく得られたこともあり、ふたりは秘密の共有者となった。

後日、すっかり村に溶け込んだ少年が、久しぶりに顔を合わせた叔母《おば》に「そういえば気づいたことがあるんだけど」と前置きしてしみじみと洩《も》らした言葉にアイクランサは爆笑した。

「魔性《ましょう》なのに優しくていいひとって、可哀相《かわいそう》だよね。ぼくらが知ってるふたりがふたりとも、男の趣味最悪なんだもの……あれじゃあ幸せになるのって難しいよね」

※

さて、ワンシードに「最悪の男の趣味」と断じられた魔性の片割れは、騒ぎの数刻後、エスコーから遠く離れた空の下で、困惑《こんわく》の声を上げていた。

アルバワヌの里の問題が解決したことで、これ以上人間に化ける必要なしと開き直った深紅の魔性に、あっという間に連れ去られた挙句《あげく》、恐らく——実は確信しているのだが——勝手に借りたであろう山荘の寝台に放り込まれたのである。

それだけなら、まあ……譲歩しよう。琉黄《るおう》との戦いでラエスリールは少ないとは言えぬ傷を負っていたし、あの場で「舐《な》めて治す」を実践《じっせん》されるのは断固拒否したわけだから、貧血状態に陥《おちい》った自分が安静を言い渡されるのは仕方ないと諦めよう。

だが、である。

だが、しかし。

「なあ、闇主《あんしゅ》」

「駄目だ」

まだ何も言っていないのに、一言で却下《きゃっか》されてしまう。

「しかし……そんなにべったり抱きつかれては苦しいんだが」

そう……ラエスリールを掛け布団ごと抱きしめるように、件《くだん》の男は同じ寝台の隣に居すわって離れないのだ。

「いつもの治療がイヤだと言ったのはラスだろう？　直接触れるなって言われたから、こうして布団越しに気を送ってやってるんじゃないか。それとも手っ取り早くいつものやり方でいくか?」

　おれはどっちでもいいんだが――意地の悪い問いかけに、ラエスリールは「我慢する」と答えるしかない。

　以前の自分が信じられない……どうしてあんな接触過多な治療が平気だったのか。

だが、直接触れるわけではなくとも、近くにいるだけで心臓が暴れるから、もっと精神衛生によろしい他の方法はないものか、何とか調べなくては思う彼女は、その望みが決して果たされることがないことを知らない。

　ひとつため息を洩らし、彼女は気にかかっていたことを尋ねることにした。動悸《どうき》息切れを忘れるために気を紛《まぎ》らわせようと思ってのことだったが……いかんせん、選んだ話題が良くなかった。

「なあ」

「うん?」

「あのふたりは……想い合っていたのか?」

　周囲からはさんざん鈍《にぶ》いと言われるラエスリールだったが、琉黄と七琉《しちり》の末期の場面には感じるものがあったのだ。

しかしそんな微妙な話題を、こんな場所で平気で持ち出すあたり、彼女の情緒はまだまだった。

闇主が大仰《おおぎょう》にため息をついた理由を、だから彼女は理解できない。

「闇主?」

「いや、確かにあのふたりは想い合ってはいたよ。それは確かだが、果たして想いの種類まで重なってたかどうかは疑わしいな。琉黄は馬鹿みたいにプライドが高くて生まれる前に自分ではなく人間を選んだ七琉に思うところがあったようだし、七琉はあの通り幼いままで……琉黄の好意がどんなものか理解できてなかった可能性は高いな。まあ、おれにしてみれば全部琉黄が馬鹿だったたって話になるがな」

そう言った直後、闇主の腕の力が少しだけ強まった。

「そ、そうなのか……?」

「そう。おれに言わせれば相手が先に何選ぼうと最終的に自分を選ばせればいいことだし、意地を張って想いを伝える努力を怠《おこた》ったのなら伝わらないのは当たり前だし……おれはちゃんと伝えることは伝えるし、伝わらなければ何度だって伝わるまで繰り返すし、ちゃあんと相手の変化には気を配るし……な? そういう地道な努力をしなかった琉黄って馬鹿だろう?」

よくわかったようなわからないような闇主の言葉に、ラエスリールは無言で布団に潜り込んだ。

言われている内容は正直なところよくわからなかったのだけれど——。

なぜだか顔が熱くて仕方なかったのだ……。

※

グルティアのアルゼンブラ邸で騒ぎが起こったのは、屋敷から子供が消えてから三日が経った朝のことだった。

「旦那様！　大変です！」

いつも冷静沈着な対応でケアリスの信頼を受けている家宰《かさい》のらしくない慌てた声で早朝に起こされた屋敷の主人は、ぶつくさ文句を垂れながら部屋着のまま庭に連れ出され——そうして目にしたものに度肝《どぎも》を潰《つぶ》すこととなった。

アルバワヌの里襲撃のために雇っていた男たちと思《おぼ》しき者たちが、野山に自生している太い蔓《つる》で雁字《がんじ》搦《がら》めに縛り上げられて庭に転がされていたのだ。

なぜ、ここで思しき——などという表現が出るのかといえば、彼らの顔をすぐには確認することができなかったせいである。

男たちは全員、白木で作られた道化の仮面を被らされていたのだ。

しかもそれだけではない。

その仮面の頬《ほお》の部分には、アルゼンブラ家の紋《もん》が描かれており、さらに少し離れた場所に男たちのものとは違う白木の仮面が置かれていた。

それは、鬣犬《たてがみいぬ》、一般にハイエナと呼ばれる獣《けもの》の頭部を象《かたど》ったもので、やはり頬のあたりにアルゼンブラ家の紋が描かれていた。だが、ケアリスが顔面蒼白《そうはく》になって震えだしたのはそのせいだけではない。

その仮面にだけ、眉間《みけん》に鋭利な短剣が突き立てられていたのだ。

動物の頭部を思わせる白木の仮面——それが何を意味するのか、ケアリスにわからぬはずがない。しかも鬣犬のそれに突き立てられた短刀。

アルバワヌ傭兵団の警告の内容は明白だった。

「うわあぁぁっ！」

ケアリスは悲鳴を上げるなり、自室に逃げ帰った。

この後——彼は生涯仮面を恐れ、外出を恐れ、窓のない隠し部屋に閉じ籠《こ》もったまま過ごすこととなった。

アルバワヌ傭兵団が解散したのは、ケアリスの死から一年後のことだった。

過去となった秘密を知る者は消え、そうしてアルバワヌという名もやがて人々の記憶から薄れていった。

もう、世界に紅琥珀は存在しない。

役目を終えた優しい琥珀は、優しい眠りについている……。

縁魔《えんま》の娘と黒い犬

アジェンタ村の縁魔《えんま》の娘
村の外れに住んでいる
そばにはいつも黒い犬
いつも一緒にお庭を歩く

童謡『アジェンタ村の縁魔の娘』より

「この恥知《はじ》らず！」

少女の怒鳴り声と同時に頬《ほお》を張る音が初夏の空に響《ひび》き渡った。

「誰が……なんですって!?」

頬を叩《たた》かれた少女は、一瞬呆然《ぼうぜん》としたものの、瞬《また》く間に我《われ》に返ったように低い、低い……それはもう地を這《は》うような声で問い返した。

しかし、怒りに顔を真っ赤にしている相手の少女がその迫力に怯《ひる》むことはなかった。

「あんたのことに決まってるでしょう、ラシェンカ！　よくもわたしのウォーランを誘惑したわね!?　白《しら》を切ったって無駄よ！　リアンヌがしっかり見たって言ったんだから！」

言い逃れは許さないとばかりに、びしりと指をつきつけてそう叫んだ少女は、さらに腕《うで》を振り上げたが、これはそばにいた青年——彼女の言うところのわたしのウォーランである——に止められた。

「イーシャスやめろって。おれには身に覚えがないって言ったじゃないか」

ちらりとラシェンカと呼ばれた少女に目を向けると、視線だけで謝ってくる——しかしその瞳《ひとみ》に好意的な光はなく、逆に何かに怯《おび》えるような翳《かげ》りが見て取れる。

それに気づいたのか、ラシェンカと呼ばれた長い黒髪をゆったりと三つ編みにした少女はうんざりしたように息をついた。

「……本人が否定しても信じてもらえないだなんて、ウォーラン、あなたってよっぽど信用がないのね」

声が冷ややかになるのはいきなり平手を見舞われた身としては致し方ないことだろう。

「いや、面目《めんぼく》ない」

ぺこりと頭を下げるウォーランを、イーシャスと呼ばれた少女が苛立《いらだ》たしげに咎《とが》める。

「なにを謝るのよ、ウォーラン！　リアンヌははっきり見たと言ったのよ、あなたと……その恥知らずが抱き合っているのを!?　リアンヌが嘘《うそ》をついたって言うの!?」

「じゃあ、身に覚えがないっていうウォーランが嘘をついてると、イーシャスは思っているわけね」

淡々とした口調ではあったが、ラシェンカの声に宿る怒りは隠せない。

「そうは言ってないわ！　だけど、ウォーランに覚えがなくても、あんたならできてもおかしくはないんじゃないかって言ってるの！　だって、今度が初めてのことじゃないじゃないの……あんたが村の若い男といちゃついてるのを見たってひとが現れたのは！　最初はカリウス、次にコーランド、リーアスにシャンディス……」

「全員、濡《ぬ》れ衣《ぎぬ》だって主張してくれたわよね」

第一、その日のその時刻、彼らは村を留守にしていたはずよ。

指摘されてイーシャスはぐっと詰まった。

だが、ラシェンカが関与しているに違いないと固く思い込んでいるらしく、「でも」ときっぱりと言い切った。

「あんたなら、余所《よそ》に出掛けたカリウスたちを人に知られずに村に連れ戻すことができるんじゃないの……？　そうして、みんなを誘惑しておいて、その記憶だけを抜き取るような真似が……あんたには可能なんじゃないの？」

そう言いながらリエンカを睨《にら》みつけるイーシャスの瞳は異質な存在《もの》を見る光がたたえられていた。

「だって、あんたは……縁魔《えんま》の娘なんだから！」

「馬鹿《ばか》、イーシャスやめろって！」

青年の必死の制止にも拘《かか》わらず、イーシャスの言葉は止まらない。

「だって、だっておかしいじゃない！　みんな、確かに見たと言ったのよ!?　見間違いだろうなんて言われたって、そんなに何度も何度も重なるもの!?　それぐらいなら、ラシェンカが怪《あや》しげな力を使って、カリウスたちを呼び寄せて誘惑したって考えた方が――！」

「馬鹿らしい」

イーシャスの言葉をぴしゃりと遮《さえぎ》ったのはラシェンカだった。

明るい青の瞳には、思い切り相手を見下すような光が宿っている。

「確かにわたしは縁魔の娘と呼ばれているけどね。特別な力なんかないってことは、十年前に証明済みなの。魔性《ましょう》に縁があるとは言っても、わたしは何の力もない一般人なの。そうでなきゃ、今頃浮城《ふじょう》でばりばり稼いでたでしょうよ。いーい、わたしは浮城のスカウトから太鼓判《たいこばん》を押された一般人なの！　あなたの言うような怪しげな力なんて持ってないの！」

それは事実として広く知られていることだったので、さしものイーシャスも口を噤《つぐ》むしかないようだった。

「でも……じゃあ、なんであんな噂《うわさ》が立つのよ⁉」

悔《くや》し紛《まぎ》れに問い返してきたイーシャスに、ラシェンカは軽く肩を竦《すく》めた。

「さあ？　縁があるとは言っても魔性に詳しいわけじゃないから断言はできないけど……十年前、浮城からやってきたひとが言ってたわ。魔性は大抵残酷《たいていざんこく》で情け容赦《ようしゃ》がないけど、たまに信じられないぐらい他愛ない悪戯《いたずら》を仕掛けたりするんですって。ひとを迷わせた挙句《あげく》になぜかお土産《みやげ》を持たせて家に帰したってことは実際にあった話ですって」

何が面白《おもしろ》いのかわからないけど——魔性の悪戯なんじゃないの、こちらとしては迷惑極まりない話だけど。

仏頂面《ぶっちょうづら》でそう続けたラシェンカに、「きっとそうだよ」とウォーランが同意した。

「……でも！」

それでも納得できない様子のイーシャスの耳元で、彼がこっそりと囁《ささや》きかけるのをラシェンカは見て見ぬふりをした。

——黙るんだ。縁魔の娘の不興《ふきょう》を買って、魔性を呼び寄せることになったらどうするんだ!?と——。

そんな言葉はラシェンカにとって、もう珍《めずら》しくも何ともないものだ。

だから、彼女は聞こえなかったふりをして、イーシャスに「話がそれだけなら帰るわね」と声をかけて踵《きびす》を返した。

そうして、足取りも荒々しく自宅へと向かいながら彼女が呟いた呪詛《じゅそ》にも似た言葉は——幸か不幸か背後のふたりには届かなかった。

※

ずかずかずかずか、ラシェンカは家路を辿《たど》る。

頭が怒りで爆発しそうだった——よくもあのふたりの前で冷静そうな顔を通せたものだと自分を褒《ほ》めてやりたいところだ。

あの馬鹿犬、あの馬鹿犬、あの馬鹿犬！

すべての元凶の姿を思い出すだけで、握るこぶしに力がこもる。

「……絶対、ぶん殴《なぐ》ってやる！」

今年十五の少女のものとは思えぬほど、ドスの利《き》いた声を聞く者は幸いにしてない。

ラシェンカの家は村の外れも外れに建っており、しかも彼女が寝起きしているのはその家からもけっこう離れた小屋だからだ。

そこで彼女は八年前から自炊《じすい》生活を営んでいる。理由は彼女が『縁魔の娘』だから――魔性と縁を持つ彼女が村に混乱をもたらさないよう、体《てい》よく隔離《かくり》されたのだ。

まあ、自宅軟禁状態だった昔よりはましだけどね。

ひとり暮らしを両親や村の長老に認めてもらえたのも、件《くだん》の『馬鹿犬』のおかげだとはわかっているのだけれど――それでも、だ！

「わけのわからないことを始めたと思ったら、あの馬鹿またしても目くらましをかけてなかっただなんて……もう、信じられない！」

犬とはどうにも結びつかない発言内容であるが、当人には何ら矛盾《むじゅん》はなく、張られた頰の痛みもあって怒りは弥増《いやま》すばかりだった。

「……絶対、張り飛ばす」

台詞《せりふ》が過激さを増していることなど、ラシェンカは気にしない。今日という今日こそは、もう勘弁《かんべん》ならないと思い極めてしまったのだ。蹴《け》りの一、二発付け加えても罰《ばち》は当たるまい……。

どうせあの犬は普通じゃないんだから！

怒り心頭に発した状態のまま、家族の住む家を通り過ぎ、その奥に立てられた小屋を目指してずんずか歩く彼女に――嬉しそうに駆け寄る黒い影があった。

漆黒《しっこく》の毛並みの、それは大きな大きな犬だった。

ふさふさの長い毛を風に靡《なび》かせ、走る姿は優美ですらある。牧羊犬よりさらに一回りは大きな体躯《たいく》は、しかしあるひとつの特徴ゆえに見る者に恐れを抱かせない――垂れた長い耳が、不思議な愛嬌《あいきょう》を醸《かも》し出しているのだ。

しかしそんな魅力も今のラシェンカには通用しなかった。

『ラシェンカ！』

喉《のど》ではなく空気そのものを震わせて声を紡《つむ》いだ不思議な黒犬を、彼女は力一杯こぶしで殴り倒した！

「エイ、この馬鹿犬っっ！　またしてもあんたの妙な奇癖《きへき》のせいでっっ！　要《い》らぬ恥かかされちゃった上に引っぱたかれたじゃない！」

もう二度とあんたのあの癖《くせ》につきあうのはご免《めん》よ！

一気にそう言い放つと、ラシェンカはさらにこぶしを振り上げる。

『ラシェンカ！　そんなに殴ったら手を痛める……』

黒い犬の方向外れな言葉に、彼女の眉間《みけん》がぴきりと震えた。

「だったら蹴《け》るからおとなしく蹴られなさい！」

そうして彼女がスカートを膝《ひざ》近くまでまくり上げ、いざ蹴ろうとした時のことである。

突然、ラシェンカと黒犬以外誰もいないはずの空間に、第三の声が響いた。

「おや。なかなか良い眺《なが》め」

揶揄《やゆ》を孕《はら》んだ若い男のそれに、ラシェンカはぎょっとして声のしたほうを振り返り……そして心底後悔した。

…………見るんじゃなかった。

非常識なのはエイだけで充分なのに――そう思いながら彼女は深く息をついた。

「…………何かご用？」

嫌々ながら声の主に声をかければ、相手はにやにや笑いながら答えた……空中にあぐらを掻《か》いた格好《かっこう》で。

「いや、偶然さっきのお嬢さんたちの遣《や》り取りを目にしてね。何か事情があるようなら相談にでも乗ってあげようかと――」

余計なお世話よ、と喉まで出かかったラシェンカだったが、しかしそこで思い直した。

相談してどうにかなる問題かどうかはともかく、現在彼女は猛烈に誰かに愚痴《ぐち》を聞いて欲しい気分だったのだ……。

※

場処《ばしょ》を住居である小屋に移し、なぜか三人分のお茶を淹《い》れたところでラシェンカは自己紹介した。

「改めて初めまして。わたしはラシェンカ。こっちの黒犬に見えるけど犬じゃない駄犬はエイ……すでに察しているだろうけど、あなたの仲間よ。魔性のことは詳しくないから、一緒にするなという文句はすまないけど呑《の》みこんでちょうだい」

見た目――麗《うるわ》しすぎる外見と、宙にぷかぷか浮かぶ非常識さを除《のぞ》けば――完璧に人間の青年にしか見えない相手は、彼女の言葉に気を悪くした様子もなく……それどころか何処《どこ》か面白そうに頷《うなず》いた。

どうも性格に一癖《くせ》も二癖もありそうだ――と感じたのはラシェンカの考えすぎだろうか。

まあ、いいわ。

ラシェンカはこの際細かいことにはこだわらないことにした。要は愚痴さえ盛大に零《こぼ》せればいいのだ……物心ついて以来、ずっとずぅっと溜めに溜めこんできた鬱憤《うっぷん》の限りを愚痴に変えて吐き出せればそれでいい。

「それで、さっきのイーシャスたちとの遣り取りを見ていたのなら気づいてるでしょうけど、あれの元凶が、こいつ……って、エイ！　話がわかりにくくなるから幻覚を解いてちょうだい……犬の姿のままだと、思わずこぶしや足が出そうだわ」

「いや、おれはこのままでも全然構わないんだけどね。子供だましの幻覚だし」

あっさりと言い切った青年の言葉に、ラシェンカは思わず息を呑んだ。

これまで誰にも見抜かれたことのないエイの幻覚を子供だまし……少なくともこれまで他の魔性の接近を阻《はば》んできたエイが施した術を、彼は他愛ない代物《しろもの》だと断じてくれたのだ。

それだけで、相手がエイとは魔性としての格からして違うのだと窺《うかが》える。ちょっとむっとしてしまったのは、無駄《むだ》に湧いた情のせいだ。エイのことを馬鹿にされたようで面白くなかっただけだ。

「……そう。でも、わたしが落ち着かないから……と言うか、手とか足とかがわきわきうずうずしちゃうのよ。だから、エイ、元に戻ってちょうだい」

わきわきうずうずするのは、勿論《もちろん》殴るなり蹴るなりしたくなるからだ。

しかし、そんなことはあとで実行すればいいことで、今は突然現れた愚痴聞き役——と、ラシェンカは勝手に決めた——に恙《つつが》なく事情を説明するのが先決で……そのためにはエイの黒犬姿ははっきり言って邪魔だった。

そんなラシェンカの言葉に従うように、黒犬の姿が一瞬にして消え失せる。

代わりにその場に現れたのは、褐色《かっしょく》の髪に榛《はしばみ》の瞳を持つ青年だった。歳の頃は二十代半《なか》ばぐらいだろうか……なかなか見栄えのする顔立ちをしている——ただひとつ、決して人間には看《かん》過《か》できない異質さを露呈《ろてい》していることを除けば。

青年の頬から顎《あご》にかけて、古木の樹皮を思わせる固くごつごつしたものが生えているのだ。よくよく見れば、それは青年の両手の甲にもある。

明らかに人間ではない、しかし人間に似た外見の持ち主——エイは魔性の中でも人間に近い姿を持つ『妖鬼《ようき》』と呼ばれる存在だった。

しかし、彼の本来の姿を目にしたところでラシェンカは怯《ひる》むことはない。当たり前だ、出逢った時にしっかり目に焼きつけた姿だ……あの時はぼろぼろに傷ついていて、襤《ぼ》褸《ろ》屑《くず》も同然のなりだったが、かえってその惨状《さんじょう》に驚いたせいで無骨《ぶこつ》な樹皮が顔や手に生えていることなど気にはならなかった。

思えば、それがいけなかったのかもしれない。

記憶を探るだに、幼《おさな》かった自分の決断に疑問が生《しょう》じてくるのだけれど、起きてしまったことはなかったことにはできないのだ。そう思ってこれまでやってきたのだ。

だが、しかし、だ。

エイと出逢って以来のあれこれを、全て穏やかに受け入れてきたわけでも諦めの境地に到ったわけでもない。

ここはもう、愚痴聞き役が自ら飛び込んで来てくれたのだ、思う存分聞いてもらうしかないではないか！

「うん、よし、ちゃんと戻ったわね。ちょっとだけ落ち着いた。じゃあ、はじめから説明するわね。聞きたいと言ったのはあなたなんだから、お願いだから途中でもういいですとか言い出さないでね。言い出しても聞く気ないけど……ということで、始めるわ。さっきの騒ぎの元凶は確かにエイのせいなんだけどね、もっと大本の原因は、わたしが『縁魔の娘』と呼ばれることになった村を挙げての騒ぎだったのよね……」

それは彼女が未《いま》だ物心つかない頃――。

母親に抱かれて村の祭りに連れていかれたラシェンカは、ほんの少し母親が目を放した隙にその姿が消えてしまったのだ。

村中の大人たちが彼女を捜したが、翌日になっても二日が経っても彼女は見つからなかった——ところが三日目の夜、明らかによそ者とわかる男に抱かれて彼女は帰宅した。

両親は泣いて喜び、ラシェンカを連れて来てくれた男に礼をしたがった。しかし男は「無用だ」と答えてそのまま踵《きびす》を返そうとした。

彼女の母が思わず「待って！」と叫び、彼の全身を包む外套《がいとう》の裾《すそ》に手をのばしたのはその場面では無理のないことだったろう。

しかし、それが引き起こした事態は——。

「その男はね、顔の半分以上が岩だか苔《こけ》だかに覆《おお》われてて……明らかに人間じゃなかったの。わたしの帰宅を知って駆けつけた村のひとたちもしっかりそれを見ちゃってねえ……おかげでわたしは物心ついた頃にはすでに『縁魔の娘』だったわ。魔性に命を救われた、魔性に深い縁《えにし》を持つ娘ってね。そのせいで、子供のころは家から出ることも許されなかったわ。外に出したらどんな魔性と縁を結んでしまうかわからないから……そのせいで村に禍《わざわい》が呼び寄せられたら困るから、って。魔性と縁を持つ子供には対魔の能力がある可能性が高いってことで、五歳の時かな、浮城から資質調査員だとかいう人が来たんだけど、わたしには対魔能力なんてかけらもなかったのよねぇ。おかげで浮城に引き取られることもなく、村は厄介《やっかい》払いをし損《そこ》ねたってわけ」

村にとっても迷惑でしょうけど、わたしも大概《たいがい》迷惑を被《こうむ》ったわ——当時のころを思い出すと遠い目になってしまうのは仕方ない。

家の中と広くはない庭。外に世界があるのを知りながら、出ていくことが許されなかったその日々は幼いラシェンカにとっては地獄にも等しかったのだから。

だから、そんな毎日に終止符を打つきっかけとなってくれたエイには実のところ感謝しているのだ。口では何と言おうと、彼が来てくれなかったら……そして彼が魔性で不可思議な力を発揮《はっき》してくれなかったら、自分は恐らく今でも狭い世界でしか生きることを許されていなかっただろうとわかるからだ。

もっとも、最近の彼の奇行のせいで、感謝の心はかなり薄れつつあるのだが。

「エイがうちの庭に倒れているのを見つけたのは三年前よ。どこでどんな目にあったのか、ずだずだのぼろぼろの状態でね……あんまり酷《ひど》い状態だったから、最初はエイが人間じゃないってことも気づけなかったぐらいよ」

ふう、とため息混じりに語るラシェンカに、存在が非常識な青年其《そ》の二が可笑《おか》しそうに声を上げた。

「そんな襤褸《ぼろ》雑巾《ぞうきん》みたいな男を拾って、家族はなにも言わなかったのか？　縁魔の娘が見つけた襤褸雑巾となれば、警戒しそうなものだが……」

襤褸雑巾――自分でもそこまで言っていないのに、かなり酷い言いぐさだ。

しかし、エイの反応と言えば、ただ黙っているだけだ――もしかして、エイが逆らう気にもなれないほど強い魔性なのだろうか、とラシェンカはちらりと思った。

何にしろ、ここは自分が説明するしかなさそうだ。

「エイが普通じゃないことに気づいたのはその時よ。薬草や包帯を大量に持ち出すところを母さんに見つかって、エイのことを話したら……やっぱり、あなたの言う通り不安を覚えたんでしょうね、一緒に部屋についてきて……ところが、わたしの寝台には大きな黒犬が横たわっていたというわけ。まあ、少しは変だなとは思っていたのよ？　ぼろぼろのくせに『わたしじゃ運べない』と言った途端に自分で歩き出してベッドに入るんですもの……でも、まさか犬に化けるとは想像できるはずもないじゃない。そんな特技があるのなら、最初から化けてて欲しかったと心底思ったものよ」

そうして、エイはそのままラシェンカのそばに居着いたのだ。

当時両親はラシェンカとその幼い弟のことで頭を痛めていた。彼女の影響で小さな息子に悪いことが起こりはしないかと、口には出さないが不安を抱いていたのだ。

そういうものは何となく伝わるものだ。だからラシェンカは拾った大きな黒い犬と一緒に離れで暮らしたいと両親に頼んだ。十一歳の彼女をひとりで暮らさせるのはさすがに気が進まない様子だったが、結局彼らは承知してくれた。エイが化けた黒犬は、番犬としてはうってつけだったのだ。

「大した度胸《どきょう》だ」

そこまで聞いた非常識其の二が呆《あき》れと感心相半ばする声を洩《も》らした。

「妖鬼だってわかってて傍《そば》におくとはなかなかできることじゃない。危険だとは思わなかったのか？」

当の魔性を前にして、まったく遠慮というものがない。

「あなた、少しは気配りとか心遣《づか》いとか覚えたほうがいいと思うわ……まあ、本音を言えば全然警戒しなかったとは言えないわ。でも、エイがそばにいるとなんだか安心できるの。常識と勘を秤《はかり》にかけたら勘のほうが重かったのよ」

ため息まじりに答えると、何が可笑しいのか相手はくつくつと笑い出した。

「強心臓」

「うるさいわね」

じろりと睨みつけてやったが、糠《ぬか》に釘《くぎ》——何の効果もなかった。

「でも、今となってはちょっと後悔しているの……」

ふう、と息を洩らすと、それまで無言だったエイがぎょっとした顔になった。

「ラシェンカ！」

「だってエイ、あなたいくら言っても奇行を改めてくれないんですもの。おかげで今日なんかイーシャスに平手貰《もら》っちゃうし……無理はない話じゃない？」

そうしてラシェンカは頭の痛いエイの奇癖を語り始めた。

※

それが始まったのは、ラシェンカが十三歳になって間もないころのことだった。犬の幻覚を纏《まと》ったエイが、やけに彼女にべたべたするようになったのだ。髪を撫《な》でたり手を繋ぎたがったり……まあ、それぐらいなら別に気にならなかった。

その内軽い抱擁《ほうよう》が加わっても……それでも不快ではないからいいかと思っていた。

問題が起きたのはそれから半年ほど経《た》ったある日のことだ。いつものようにラシェンカを軽く抱きしめたエイが、何を思ったのか体重をかけて彼女にのしかかってきたのだ。幸い芝生《しばふ》があったおかげで尻餅《しりもち》をついても痛くはなかったが、これを幼い弟が目撃して泣き出したので騒ぎとなった。

『お姉ちゃんが……お姉ちゃんが、おっきな犬に襲われてるよぅ！　お姉ちゃんが食べられちやうよぅ！』

あまりの大声に、何事かと飛び出してきた両親は、小さな弟の可愛らしい誤解にほっと胸を撫《な》で下ろしたのだが、弟本人は以来エイにきつい目を向けるようになってしまったのだ。

「……そこでべたべたするのをやめてくれたら、何の問題もなかったんだけどねえ」

こめかみを指で掻《か》きながらラシェンカはぼやく。

「人間の姿ならいいのかなんて言い出して……あろうことか村の若い男のひとの体乗っ取ってべたべたし始めちゃったのよね。どういう仕掛けなのか、その間のことは相手は覚えてないみたいだから白《しら》を切り通して、魔性の悪戯《いたずら》じゃないとかなんとか誤魔化《ごまか》してきたけど……でも、さすがにこれ以上はわたしとしても我慢が限界。いくら中身がエイだとわかっててもいつも恐ろしいものでも見るような目を向けてくる男に触られるのは気持ちいいものじゃないし、今みたいにつきあってる相手がいるひとだったりしたら騒ぎになるでしょう？　何とかこの馬鹿にやめさせたいんだけど、いい考えはないかしら？」

こんなことは、他の誰にも相談できない——しかし今日まで近くにいる人外ときたらエイひとりしかいなかったのだ。

魔性は人間に近い姿のものほど強いと教えてくれたのは浮城のひとだ。目の前の非常識其の二の青年はある意味綺麗《きれい》すぎて人間離れしているが、それでも一目で魔性とはわからない外見の持ち主だ。多分エイより強いはず……こんな機会はこの先二度とあるかわからない。何とか良案を提供して貰いたかった。

「ねえ」

テーブルに肘《ひじ》をつき、ずずいと身を乗り出したラシェンカに、青年は苦笑混じりに答えてきた。

「あー、なるほどねー。しかし気の毒だがお嬢さん、こいつのべたべたいちゃいちゃはあんたのためにやってることだ。やめさせるのはお勧《すす》めできないな」

思いもがけない言葉に、ラシェンカは目を丸くした。

「わたしのため？」

オウム返しに尋《たず》ねた彼女に、青年は「そう」と頷いた。

「あんたには自覚がないかもしれないがね、お嬢さん。あんたは下位の魔性……まあ、人間《ひと》の血肉が大好きという手合いの奴《やつ》らにはたまらない魅力を放ってる。つまり、奴らの目にはあんたはとびきりのご馳走《ちそう》に見えるってことだ」

ご馳走――聞いた瞬間彼女の脳裏《のうり》に浮かんだのは、巨大な皿に載せられた自分と、それを前に舌《した》なめずりする化け物の姿だった。

「……最悪」

「そう、こいつがいなければあんたはとっくの昔にやつらの胃袋に収まってただろうな。しかもあんたは年頃だ……やつらにとっちゃ旬《しゅん》も旬。放っておいたらうじゃうじゃ湧いてくるぞ」

旬だの湧くだの、この人はやはりもう少し言葉の使い方を考えたほうが良いわ——現実逃避でそんなことを考えたラシェンカに罪はないだろう。

「だから、そんな奴らを牽制《けんせい》するために、こいつはあんたに過剰なまでに接触して自分の気配をあんたにつけてるのさ。あんたは自分の獲物だと……おっと、怒るなよ？　奴らにはそう思わせとくほうが話が早いんだ」

いわば虫除《よ》け行為ってわけだな。

だからやめさせるのは得策ではないわけだと説明を終えた青年に、ラシェンカははぁ、と大きなため息で応じた。

「つまり、これからもずっとエイの奇行は続くというわけ？　本当に他にどうしようもないの？」

エイの行為に重要な意味があることは納得できた——自分を護るためにしてくれているのだと思えば嫌がるのは悪いような気もする。

だが……それでも、「恥知らず」だの「節操なし」だのと罵《ののし》られるのは決して気持ちの良いものではないのだ。

そんな彼女の心中を知ってか知らずか、青年がそこで「ひとつ打開案がないでもないが」と言い出した。

「おれが、こいつに力を多少分けてやればいい……こいつが完全に人間に化けられる程度の力をな。そうすれば、犬の目くらましをかけなくとも、こいつ自身があんたのそばについてられる。こいつは妖鬼の中では上位にありそうだからな、血肉が大好物なのは専《もっぱ》ら下位のやつらが多い。自分より強い相手のお手つきに敢《あ》えて手を出すような魔性はまずいないからな、一件落着ってわけだ」

その言葉はラシェンカにとって暗闇《くらやみ》に射し込んだ一条の光だった。

「それ、いいわ！　是非《ぜひ》そうしてちょうだい！　お願い！」

迷わず頼み込もうとした彼女を青年は「まあ、待て」と遮った。

「ただ、この案にはひとつだけ問題があってな。こいつが人間の男の姿でお前のそばから離れないとなると、こんな田舎《いなか》だ、確実に噂になるし、ことによると嫁のもらい手がなくなるんだが……」

彼が挙げた問題点は、しかしラシェンカにとっては問題などではなかった。

だから彼女はいっそ晴れ晴れとした笑顔で答えたのだ。

「問題ないわ！　どうせ縁魔の娘に縁談なんか来るはずないんだもの。それに、相手がエイなら噂になってもちっとも構わないわ」

その言葉になぜかエイが顔を伏せ、青年は面白そうに「ほお」と呟いた。

なにかおかしなことでも言ったかしらと首を傾《かし》げたところ、青年は「いや、そういうところまで似てるよなぁ、と」と意味不明な返事をくれただけだった。

※

逢魔《おうま》が時の村外れの四つ辻《つじ》に人間は近づかない。

それを狙ってのことだろう——無人の辻にふたりの魔性の青年の姿があった。

ひとりはエイと呼ばれていた妖鬼——永《えい》袮《か》だ。彼の顔や手の甲からは無骨な樹皮は消え、人間の若い男にしか見えない。

彼はそのための力を与えてくれた上級魔性の青年——こちらは相変わらず綺麗すぎる人間の男に擬《ぎ》態《たい》したままだ——に深々と頭《こうべ》を垂れた。

「言葉に尽くしようもないほど感謝しております」

心からの感謝を伝える声は、しかし固い。

青年がふふん、と鼻を鳴らした。

「なにか裏でもあるんじゃないかと疑ってる顔だな。そんなにおれが力を分けてやったのが不思議か？」

明らかに格の違う相手に是《ぜ》と答えるのは勇気が必要だったが、永緲は恐れつつも頷いた──尋ねたいことは他にもあったからだ。

「……なぜ、黙っておいてくださったのですか……？」

振り絞《しぼ》るように紡いだ問いに、青年は「さて？」と首を傾《かし》げた。

「どのことを、だ？　お前があの娘に張りついていたのは、文字通り旬を迎えた食べ頃に確実にあの娘を喰らうためだったことか？　それとも意識を乗っ取る男を次々に取り替えたのは、あの娘が気に入った男を殺して成り代わるための物色も兼ねていたことか？　それとも接触行為には他の妖鬼《やつら》に対する牽制《けんせい》だけでなく、色っぽい下心があったってことか？　それとも──」

全て見抜かれていたことに、驚きはない。

ないが……いたたまれないのは確かで、永緲は慌てて「それ以上は結構です！」と叫んでいた。

そんな彼を責めることもなく、雲の上の存在である青年はにやりと人の悪い笑みを浮かべた。

「きっかけが何だろうと、今のお前が心底あの娘を想《おも》っているのはすぐにわかる。どうせ拾われた時の怪我だって、あの娘を狙ってきた奴らを撃退した時のものだろう？　人間の娘に本気で惚《ほ》れるなんて馬鹿なやつだとは思うが、そういう馬鹿は嫌いじゃない。かなうかどうかは別として、ちょっと力を貸してやってもいいかと思ったんだよ、まあ……気まぐれってことで納得しておけ」

　それ以上は踏み込ませない響きを宿した声に、永毖は再び頭を下げた。

「心から感謝いたします——」

「どうかな。いずれあの娘が死んだ時、お前は後悔してるかもしれない。おれを恨んでいるかもしれない……おれたち魔性の気まぐれとはそういうものだ。軽々しく礼なんか言うもんじゃない。しかし……」

　ふ、と青年が山の稜線《りょうせん》にほとんど姿を隠した太陽に目を向けた。

　朱金《しゅきん》の残光が染める空に、何かを重ねるようにに目を細めるその姿に、永毖はなぜか胸を突かれた。

「自分の魅力に自覚がない鈍感娘ってのは、ほんとにタチが悪いよなあ……」

　しみじみ呟く様子に、永毖は先ほどの彼の言葉を思い出した。

『そういうところまで似てるよなあ、と』

ああ、そうなのかと不意に思った。

だが永劫はそのことを口に出そうとはしなかった。それこそが秘められたままであるべきことなのだと、彼には思えたのだ……。

アジェンタ村の縁魔の娘
村の外れに住んでいる
そばにはいつも黒い犬
いつも一緒にお庭を歩く

アジェンタ村の縁魔の娘
村の外れに住んでいる
ある日黒犬そばから消えた
縁魔の娘はひとりきり

アジェンタ村の縁魔の娘
村の外れに住んでいる
ある日怪我したひとを助けた
今度はふたりでお庭を歩く

童謡『アジェンタ村の縁魔の娘』

鏡の森

プロローグ

霧深い森の中を、金髪の青年が歩いている。年の頃は十七、八といったところ、簡素《かんそ》な上下に身を包んではいるが、その容姿は秀麗《しゅうれい》だ。

もしも彼がこんな森でなく街中を歩いていたならば、すれ違う人間の十人中九人は振り返るに違いない——。伸びやかな四肢《しし》と、艶《つや》のある金髪だけでも人目を惹《ひ》くには充分だというのに、整ってはいるが不思議と愛嬌《あいきょう》を感じさせる顔立ち、不可思議な青灰色《せいかいしょく》の双眸《そうぼう》がえもいわれぬ空気を醸《かも》し出しているのだ。

しかし、その青年に近づけば、彼に夢を見た者は皆がくりと肩を落とすに違いない。

ひとりきりで森を歩く青年は、ぶつくさとあまり上品とは言い難《がた》い言葉を羅列《られつ》していたのである。

「……ったく、あの馬鹿《ばか》娘。危険物にあっさり触《さわ》るやつがいるかよ。手紙にはちゃんと危険物だって書いてあったたっていうのに……どうせろくに読みもしない内に手に取ったに違いないんだ……ほんと、考えなしなんだからな。あれじゃあ……が過保護になるのも仕方ないというか、過保護のせいでますます迂闊《うかつ》になってんのか……どっちもどっちか。まったく、手間をかけさせてくれるよなー」

　ぶつぶつぶつぶつ、青年の愚痴《ぐち》は続く。

「だけど、手紙の送り主もたいがい考えなしだよなー。危険物だとわかってんなら、あいつに送りつけるより浮城《ふじょう》の上層部に送りつけたほうが確実だっつーの。ほんとにもう、どいつもこいつも……！」

　何でこう頻繁《ひんぱん》に厄介事《やっかいごと》に巻き込まれてくれちゃうかな——。

　最後のつぶやきは、深いため息とともに零《こぼ》された。

　青年の青灰色の瞳《ひとみ》は、どこまでも広がる森に向けられている。

「……この中から、あの馬鹿娘を見つけ出さなきゃならないのかぁ……」

　声に滲《にじ》むのは疲労感だろうか。

　青年は頭を抱え込んだ。

「……呼んでくれたら、こんななりでもわかると思うんだけど……」

　ふうぅ、と一際《ひときわ》深い息を洩《も》らし、彼は諦《あきら》めたように呟《つぶや》いた。

「呼びやしないんだろうなー」

あの馬鹿娘。

馬鹿馬鹿と連呼する彼の瞳には、しかし愛《いと》しげな光が揺れており、それを見れば彼がその『馬鹿娘』をどう思っているかは明らかだった。

しかし、彼のそんな姿を目にする者はこの森にはいなかった。

だから、これは誰にも知られぬままの一幕——森の木々と霧だけが彼の言葉を聞いていた。

そして青年——ザハトは再び歩き出した……面倒に巻き込まれた『馬鹿娘』を捜すために。

—


その朝、リーヴシェランは常《つね》とは違う目覚めを迎えた。

別に床や路上で目が覚めたわけではない。

しっかり寝具にはくるまっていたのだが、いかんせん天井《てんじょう》に見覚えがなかった。

浮城《ふじょう》の自室でも、祖国の大公宮《たいこうきゅう》のそれでもない。見知らぬ部屋、だった。

うーん、と小さくうなりながら、リーヴシェランはむくりと体を起こした。

やはり、おかしい。

夜着《よぎ》に着替えていないのだ。こんなことはまずあり得ない。献身的な美しい護《まも》り手の女性は、そのあたりのことには厳《きび》しいのだ。どんなに眠かろうと、夜着に着替えずに寝台に潜り込むなど、虹色に輝く髪も美しいひとが許してくれるはずがない。

……と、いうことは。

「彩糸《さいし》」

小さく呼んだその声に応《こた》えるそれはない。

やっぱりと呟《つぶや》き、リーヴシェランは額《ひたい》に手を当てた。

呼んでも護《まも》り手が現れないなど、まず考えられない。彩糸は何よりも誰よりもリーヴシェランを大事にしてくれる。こんな見知らぬ部屋で眠っている自分を放ってどこかに出かけることはしない。

それが、現実に起こっている——その意味するところは明白だった。

「…………覚えてないんだけど、わたしってば拐《かどわ》かされちゃったのかしらん？」

小首を傾《かし》げる仕種《しぐさ》も愛らしい——金の巻き毛に明るい緑の瞳《ひとみ》を持つ美少女は、たとえどんな仕種をしようと他者の目を引く魅力を持っている。

それは彼女のふたりの姉兄《きょうだい》にしても同じで、過去そのせいで魔性《ましょう》に気に入られるという災禍《さいか》に見舞われた……そう、実際に被害に遭《あ》ったのは姉と兄で、自分はこれまで無事に過ごせてきたのだけれど、今回自分の番が回ってきたのだとしてもおかしくはない。

おかしくはないのだが……。

リーヴシェランは再びうーんと唸《うな》った。

いつどこで攫《さら》われたのか、皆目見当《かいもくけんとう》がつかなかったのだ。

自分は浮城《ふじょう》にいたはずだ。魔性絡《がら》みの依頼はここのところ急速に増えているという話だが、生憎《あいにく》実戦には向かない魅縛師《みばくし》である自分に任務が与えられることはまずない。まあ自分の場合、貴重な魅縛師を危険に晒《さら》さないためというよりは、危険分子を手元で見張っておくためという理由のほうが大きいのだろうが。

あのひとが浮城から姿を消して以来、上層部はあからさまにわたしたちのこと目の敵《かたき》にするようになったものねえ……。

おかげで要注意人物指定を受けた仲間ともなかなかゆっくりとした時間が取れなかったりする。実際は抜け道めいた手段を用いて交流は絶えることなく続いているのだが、わざわざ教えてやるつもりはない。

話が逸《そ》れたが、まあそういう事情であるから、自分が浮城から離れたわけではない。そうである以上、そばには必ず彩糸がいたはずで……なのに、今彼女はそばにいない。

つまり、自分は彩糸の上手《うわて》を行く相手に誘拐されてしまったということなのだろうか……？

だとしたら、厄介《やっかい》かもしれない。

さて、こうした場合どうすべきか——額を指先でこつこつと軽く叩《たた》きながら、リーヴシェランはこれからのことを思案した。

いや、しようとしたのだが。

事態はその前に動き出した——まるで彼女に考える間を与えるまいとでも言うように。

バタンッ、と勢いよく部屋のドアが開く音が耳を打った。

誰!?

リーヴシェランが扉のほうを振り向くより先に――子供特有のキィの高い少女の声が響《ひび》き渡ったのである。

「おはようございます、お嬢さまっ！　気持ちよく起きていただけますよう、『おめざ』をお持ちいたしましたっ！」

※

リーヴシェランはカラヴィス大公国の第二公女として生まれた。

生まれながらに持っていた『魔性に好かれる』特質のせいで、両親や周囲はどう触れていいものか戸惑っていたようだが、幸い年の離れたふたりの姉兄が惜《お》しみない愛情を注いでくれたおかげで彼女は「愛されなかった」という心の傷を負うことなく健《すこ》やかに成長することができた。

長じて浮城に籍《せき》を移し、魔性をたらし……もとい説得し人間の味方に引き入れる能力者として生きることを選んだわけだが、その長くはない人生のなかで多くのことを学んできた。

……つもりだった。

が、だ。

これはいったいどういうこと⁉

見知らぬ部屋に現れた、どう見ても人間としか思えない少女の姿と気配《けはい》に、リーヴシェランは心底動揺せずにはいられなかった。

だって……無理もないではないか。

自分は記憶にない部屋で目覚めたのだ。いつもそばにいる護り手にして姉である彩糸は呼んでも現れないのだ。

どう考えたって、自分の知らない間に護り手すら出し抜く能力を持つ魔性にまんまと攫われてしまったのに違いない。そう判断して、ならばどう動くべきかと考え始めた矢先のことだったのだ。

能天気《のうてんき》な声と言葉で、「おめざをどうぞ」と真白い磁器の小皿に載《の》せた焼き菓子をずいとこちらに押しつけるように差し出す少女が現れたのは！

……これが、耳が尖《とが》っていたり背中に羽《はね》が生《は》えていたりお尻《しり》に長い――可愛《かわい》らしいものでも可――尻尾《しっぽ》があったりする少女であったなら、リーヴシェランはここまで驚かなかっただろう。

魔性に攫われた先で、下級魔性である妖鬼《ようき》に出くわすというのなら、断然納得のゆく成り行きである。

魔性は力ある者に惹かれる性を持つ。力ある魔性に惹かれた魔性が忠実に仕《つか》えるというのはいかにも自然な流れだ。だから、現れた少女が妖鬼なり小鬼《しょうき》だったら、リーヴシェランは何ら違和感を覚えなかっただろう。

しかし——少女は明らかに、違った。

どこからどう見ても——————人間以外の何者でもなかったのだ。

もちろん、人間が魔性の虜《とりこ》となる事例の多さはリーヴシェランも承知している。

力弱い人間は、強い魔性の纏《まと》う力と美にいとも容易《たやす》く囚《とら》われる。

だがそうした場合、心まで支配されることとなり、どこか人間らしさが欠けたようになるのだ。目の前の少女はいかにも人間らしく、他者に心を支配された者が持つ歪《いびつ》さというものが感じられない。

これはどういうことなのか——もしかして自分は勘違いしているのだろうか？

リーヴシェランが眉宇《びう》を顰《ひそ》めたのに気づいたらしい少女が慌てたように近づいてくる。

「お嬢さま!?　お加減が優れないんですか!?　頭痛に効く薬草を煎《せん》じて来ましょうか？　ああでも、その前に何かお口になさったほうが……」

盆を手に持ったまま、おろおろする少女に怪《あや》しい素振りはない。

この状況自体怪しさ満載なんだから、怪しくないのが却《かえ》って怪しいんだけどね。

胸中そっとため息を洩《も》らして、リーヴシェランはゆっくり頭を振った。

「大丈夫……ちょっと考え事をしてただけだから。それより訊《き》きたいことがあるんだけど……ここはいったいどこなのかしら？」

単刀直入すぎただろうか——一瞬そう思ったが、何一つ手がかりがない以上、訊けることは訊いておかないと損《そん》である。

躱《かわ》されるにしろ嘘《うそ》を教えられるにしろ、少女だけがここを知るための手がかりなのだ、この機を逃すわけにはいかない。

嘘でも罠《わな》でも何でも来なさい！

リーヴシェランは毛布の下でこぶしを握りしめた。

だが——。

少女から返ってきた答えは、到底《とうてい》嘘とは思えない……だからこそ頭が痛くなるものだった。

「ああ、はい、皆さままずそれをお訊きになりますよね。ここは鏡の森にあるご主人さまのお屋敷です。おめでとうございます、お嬢さまはご主人さまに選ばれた特別な人間です！」

答えになっているのかいないのか——非常に判断に困る内容に、リーヴシェランは正直眩暈《めまい》を覚えた。

わかったことといえば、ここが『鏡の森』と呼ばれる場所らしいこと、自分がここにいるのは少女のご主人さまとやらに選ばれたせいらしいこと。それぐらいだ。

思い切り胡散臭《うさんくさ》い。

やっぱり魔性絡みっぽいわよねえ。

そっとため息を洩らし、リーヴシェランはひとまず情報収集を続けることにした。

誰かが捜しに来てくれるのをおとなしく待っていられるほど、彼女は我慢強い性格の持ち主ではなかったのだ……。

※

「あら」

気に入りの玩具《がんぐ》の変化に気づき、黒髪の少女——酔蓮《すいれん》は軽く目を瞠《みは》った。

長い黒髪に漆黒《しっこく》の双眸《そうぼう》を持つ魔性の少女は、新たな獲物を確認するために玩具を覗きこんだ。

丸い鏡の中には、深く暗い森が広がり、その中心に瀟洒《しょうしゃ》なデザインの屋敷が建っている。客観的に見て怪しいことこの上ないのだが、酔蓮は気にしない。

楽しむために作った、いわば箱庭の世界なのだ。好きなように作って何が悪いというのか。

「さぁて、新しい小鳥さんはどんな姿をしているのかしら？」

この箱庭に招かれるだけの資格を備えている以上、ある程度以上の水準にはあるだろうが、酔蓮が気に入るかどうかはまた別の問題だ。

酔蓮の好みは実は結構条件が厳しい。おかげでとことん気に入った小鳥さんの数はまだ数える程度しかいない。

二月ほど前にもひとり箱庭に飛び込んで来た小鳥がいたけれど、残念ながら酔蓮の好みには届かなかったのだ。そろそろ新しい小鳥も欲しい。

「どれどれ？」

鏡の映像が切り替わり、屋敷内部のそれとなる。

酔蓮の望みに応えて鏡が映し出したのは、豪華な金の巻き毛と澄んだ緑の双眸が美しい少女だった。

「まあ」

酔蓮は思わず声を上げた。

これは――とんでもない掘り出し物だわ。

「久しぶりに箱庭から出してあげられるかもしれないわ……ああ、でも、やっぱり本当に綺麗かどうかを試してみなくてはね」

メッキだったら興《きよう》ざめだもの。

くすくすと笑いながら、酔蓮は鏡を覗きこみそっと囁《ささや》いた。

「さあ、綺麗な小鳥さん。どうか本当のあなたを見せて？　本当にその姿通りに綺麗《きれい》なら、あなたをそこから出してあげるわ」

2

「……ねえ」

「駄目です」

「……まだ何も言ってないじゃないの、えーっと、クラシナ？」

困惑《こんわく》と疲労を漂わせた声を上げるのはリーヴシェランだ。

「はい、お嬢さま。言われなくとも何を仰《おっしゃ》りたいかはわかりますから先に却下《きやっか》させていただきました。はい、次はこれをお願いしますね」

口調は丁寧《ていねい》だが、内容はちょっと違う。

ずい、と強引に差し出された大量の布地を使って仕立てられたモノに、リーヴシェランは顔が強《こわ》ばるのを止められなかった。

「クラシナ、あのね」

「駄目です。せっかく腕によりをかけて用意した朝食をいらないと仰ったのはお嬢さまです。

わたしの心の痛みを癒《いや》すためにできることなら何でもすると仰ったのもお嬢さまです。心の痛みはお嬢さまのご協力のおかげでずいぶん和《やわ》らぎましたけれど、まだ完全には消えておりません。ですから、観念して次はこれを着て見せてくださいね！」

にこやかに、しかし拒《こば》むことを許さぬ断固《だんこ》とした口調で告げられ、リーヴシェランはううう、と小さく唸《うな》った。

渋々と受け取ったそれは、それはそれはびらびらとした……薔薇《ばら》色のドレスだった。

カラヴィス大公国公女として公式行事に出席する時でも、ここまで贅沢《ぜいたく》に布地を使ったドレスは着たことがない。それはリーヴシェランがあまりごてごてしたものを好まないからというのもあるが、渡されたそれは過剰なまでに飾りたてられた一着だったのだ。

悪趣味……。

胸中での呟《つぶや》きは幸いクラシナには届かなかったようだが、先ほどから着せ替えを強要されてきたリーヴシェランはすでに疲労困憊《こんぱい》状態にある。

面倒《めんどう》くさいドレスの着脱だけでもけっこうな体力を使うというのに――だ。

クラシナはさらに気力奪略行為まで強《し》いてくれるのだ。

「素敵です、お嬢さま！　でも、そのドレスだと、御髪《おぐし》の飾りはこちらのほうがお似合いかもしれませんね！　せっかくですから御髪の結い方も変えましょう」

黒のビロードの上から、薔薇色の石を散りばめた飾り櫛《くし》を取り上げると、クラシナは嬉々《きき》として今度はリーヴシェランの髪に手を伸ばしてくる。

本日すでに三回目の髪型変更だ。ため息が出てくるのも致し方ない。

「……いいけど、これが最後よ。それとわたしのことお嬢さまと呼ぶのはやめてちょうだい。わたしはこの屋敷のお嬢さまになった覚えはないんだから」

大体、あなたのご主人さまにだって会ったことないのよ、なのに突然お嬢さまなんて変じゃないの。

薔薇色のふわふわひらひらのドレスを身につけ、椅子《いす》に腰を下ろした格好《かっこう》でそう言えば、クラシナが「ええ?」と驚いたような声を上げた。

「お嬢さまと呼ばれるの、おいやでしたか? これまでここに来たひとたちはみんなお嬢さまとか若さまとか旦那《だんな》さまとか呼ばれると喜んでらっしゃいましたけど……?」

背後で首を傾《かし》げる気配を感じ、リーヴシェランはまたひとつ情報が増えたわ、と思った。

これまでここに来たひとたち——では、複数の人間がこの屋敷に連れて来られたのだ。

では、彼らはそれからどうなったのか。

尋《たず》ねればクラシナは素直に答えてくれるだろうか——だが、また眩暈《めまい》のするような答えだったらと思うと気が進まない。

「……きちんとした名前があるんだから名前で呼んで欲しいと思うだけよ。まあ、あなたのご主人さまは違う意見でしょうけど」

魔性はその名を力ない者に口にされるのを非常に嫌う。

挑発する意図でもない限り、初対面の魔性の名を呼ぶのは禁物だ。怒髪天《どはってん》を衝《つ》いた相手に凄《すさ》まじい報復を受けることになるのだから。

クラシナのご主人さまが力のある魔性である可能性が高い以上、この考えは間違ってはいないはずだ。

そんなことを考えていると、背後からクラシナが恐る恐る声をかけてきた。

「え、と……その、リーヴシェラン、さま？」

「さまはイヤだわ」

「じゃあ……リーヴシェランさん？」

「……まあ、いいわ。それでクラシナはここに来るひとのことみんな、こんな風《ふう》に着飾らせて遊んでたの？」

だとしたら、早々に退散した可能性もなくはない。

まだ午前中だというのに、三度着替え、三度髪を結い直されているのだ。大抵《たいてい》の人間なら辟《へき》易《えき》するに違いない。

しかし、そんなリーヴシェランの予想は大きく外れた。

「えー？　そんなことしませんよ。このお屋敷の中にある物はご自由にってご主人さまのお言葉を伝えたら、皆さん嬉しそうにあれこれ物色《ぶっしょく》したり若い娘さんなんかは進んで綺麗《きれい》な服に着替えたりなさるんですもの。リーヴシェランさんぐらいですよ、衣装にも宝飾品にも何の反応もなさらなかったの。でもそんなのもったいないじゃないですか、リーヴシェランさん、これまでわたしがお会いした中で一番綺麗な方なのに。だから思い切り着飾らせてみたいなー、と。あ、もしかして趣味に合いませんでしたか？　なら、今からでもご主人さまに言えばリーヴシェランさんの好みのドレスでも指輪でも髪飾りでも……」

結いかけの髪を放り出す勢いでそう言いかけたクラシナを、リーヴシェランは慌てて押しとどめた。

「気遣《きづか》ってくれるのはありがたいけれど、その必要はないから！　趣味云々《うんぬん》の問題じゃなくて、要は着るのも飾るのも自分の持ってる分で充分だと思ってるだけだから！」

それは半分本当で半分は嘘だ。

クラシナには悪いが、こんな得体の知れない屋敷にあるものをずっと身につけていたいとは思えない。食事など論外だ。明らかに魔性が関わっているような場所で、不用意な言動は死を招きかねないのだから。

そんなリーヴシェランの心中を知ってか知らずか、クラシナは「ええー」と残念そうな声を上げた。

「あ、もしかしてリーヴシェランさんって本物のお嬢さまなんですか？　このお屋敷でも堂々となさってるし、宝石とか見ても顔色一つ変えないし……これまでの皆さんと全然違うなーと思ってたんです」

　結い方が一段落ついたのか、クラシナが前に回り込んで来た。

出来具合をいろいろな角度から確認しながら「どうなんですかー？」と尋《たず》ねてくるのに、リーヴシェランは「当たらずも遠からず、かな」と誤魔化《ごまか》した。

　実は小さいながら一国の公女だなどと言ったら、クラシナが本物のお姫さまを人形代わりにどんなドレスを用意するか考えたくもなかったからだ。

　これが最後と言いはしたが、この屋敷をひとりきりで守っている――この事実だけで怪しさ全開だ――少女は、とにかく退屈している様子なのである。しかも綺麗なドレスや宝石で誰かを飾り立てるのが大好きらしいとなれば、藪《やぶ》を突《つつ》くような真似《まね》は控《ひか》えるのが賢明だろう。

「ところで、ここに来たひとたちはどうなったの？　今はわたしひとりよね？」

　さりげなさを装って尋ねてみる。

　少しは慌てるかと思ったが、クラシナはあっさりと「いなくなっちゃいました」と答えた。

その間もリーヴシェランの髪のあちこちを調整している。意外にこだわりのひとなのかもしれない。

「……いなくなった?」

「ええ。皆さん、最初は大喜びで屋敷のなかを歩き回ったりなさるんですけど、何日かするとふっと姿が消えてしまうんですよね。そういう方に用意した部屋からはあれこれなくなったりするんで、わたしはご主人さまにもう人を招くのはどうかと注進してたんですよー。でもご主人さまったら大らかな方で、小物や調度のひとつやふたつで満足だなんてみんな謙虚《けんきょ》なのねえ、なんてのほほんと仰るばかりで! あ、でもご主人さまがそういう方で良かったかも……だって、おかげでリーヴシェランさんがいらしてくださったんですものね!」

うん、完璧!

自画自賛しながら、クラシナが嬉しそうにリーヴシェランを見つめた。

そうして——立たされ、くるりと回って見せてと言われ、諦め顔で回ろうとすると「はい、そこ笑顔で!」と注文をつけられ……疲労感を嚙《か》みしめながら、リーヴシェランはそれでも頭の中で考えを巡らせた。

クラシナの話が本当なら、この屋敷を訪れた先客たちは皆何かを持ち出して逃げ出したらしい。

そしてそのことを、屋敷の主――どうやら女性らしい――は怒る様子もないとのこと。クラシナは大らかなひとだと言っているが、恐らくは――。

……違うでしょうね。

胸中でそっと独《ひと》りごちる。

多分きっと、客人たちは魔がさした瞬間にでも屋敷の主に処分されたのだ。

どういう方法かは考えたくもない。

出来心起こさせる材料山積みにしておいて、誘いに乗ったら途端に処分だなんて、ずいぶん悪趣味な魔性よね。

やはり、こんなところに長居は無用だ。決意を胸に、リーヴシェランは満足した様子のクラシナに話しかけた。

「はい、お終《しま》い。もういいでしょう、わたしが着ていた服を返して。あ、靴もね」

言いながら、早々に服を脱ぎにかかると、少女は明らかに落胆したようだった。

「えー、もう少しぐらいいいじゃないですか、せっかく髪も綺麗に結えたのに……」

「駄目よ、もうお昼近いじゃない。早くここを出ないと、森の中で野宿しなくちゃいけなくなるわ。わたしとしては何とか夕方までに森の外れに辿り着きたいところなの」

ことなげに告げた瞬間、クラシナが心底驚いた顔で叫んだ。

「えぇぇっ⁉　な、なに言ってるんですか、リーヴシェランさん⁉　せっかく最初からお屋敷に招かれたのに、何でわざわざ森になんか行くんですか！　霧は濃いし、隠れ住んでるのは変人ばかりだし、行ってもちっとも楽しい場所じゃありませんよ⁉　大体、森の外れなんかに何の用があるって言うんですか！」

信じられないを連呼する少女に、リーヴシェランは「家《うち》に帰るの」と返した。

浮城《ふじょう》を家と呼ぶのはおかしいかもしれないが、帰るべき場所、大切な人たちが待ってくれている場所を家と呼ぶのなら、彩糸《さいし》がいるところこそが彼女にとっての家なのだ。

※

「駄目です、ご主人さま。足止めできませんでした！」

箱庭の屋敷を預ける少女——クラシナの悲痛な声に、しかし酔蓮《すいれん》はクスクス笑うだけだった。

「ご主人さまぁ？」

鏡ごしに、クラシナが不思議そうな顔で覗《のぞ》き込んでくるが、酔蓮の笑いは止まらない。

「わかっているわ、見ていたから。なかなか期待させてくれる娘じゃないの」

あれなら箱庭から取り出してあげてもいいかもしれない——期待に酔蓮の胸が熱くなった。

「そうなんですけどぉ、わたしとしてはつまらなかったですー。お料理だって頑張《がんば》って、見ただけで生唾《なまつば》出そうな力作揃《そろ》えたのにリーヴシェランさんったら見もしないで食べないって言うし、綺麗なドレスだって豪華な装飾品だって宝石あしらった小物までいっぱい見せてあげたのに、どれにも関心示さないし、果ては『家に帰る』ですもん！　どんなに引き留めても聞いてくれないし、あっさり本当に出て行っちゃうし！　つまんない、つまんない、つまんないですぅ！」

せっかく五十年ぶりのお客さまだったのにぃっ！

酔蓮の気まぐれで死にそうなところを助けてやったところ、何を感じたのかすっかり懐《なつ》いてしまった人間の少女が、鏡の森の中心にある屋敷の守人《もりびと》を買って出たのは何世紀か昔のことである。

以来常にひとりきりで屋敷を守っているクラシナにとって、客人とは唯一《ゆいいつ》の娯楽《ごらく》対象だ。だから彼女が心底がっかりしているのがわかる。それはわかるが……酔蓮は愉快《ゆかい》でたまらなかった。

「素敵だわ。食欲にも物欲にも囚《とら》われない……まあ、無欲というより警戒心の賜《たまもの》でしょうけど。不慮《ふりょ》の出来事にも動じない胆力《たんりょく》も評価できるわ。屋敷の豪華さにも臆《おく》した様子は見えなかったし、あれは本当に掘り出し物かもしれないわね」

「そりゃあご主人さまは森の中まで見通せるからいいですけど、わたしは次のお客さまが来るまでまたずっと退屈な毎日送らなきゃならないんですよ。せめて何か玩具《おもちゃ》をくださいな。しばらく前、お眼鏡《めがね》に適《かな》わなかった娘さんがいたとか仰ってたじゃないですか。その娘さんでいいですから。それとももう処分してしまいましたー？」

無限に同じ時間を繰り返す箱庭で、すでに長いこと屋敷の守人を務めてきた人間の少女のおねだりに、酔蓮は珍《めずら》しく叶えてやる気になった――つまり、リーヴシェランを見つけたことでとびきり機嫌が良かったのだ。

「まだよ。いいわ、じゃあ見つけたらその屋敷に向かうように誘導してあげるから、好きなだけ遊ぶといいわ。確かこの辺りにいたはずだけれど……あら、残念」

箱庭の世界から、件《くだん》の娘の放つ光は消えていた。

「悪いわね、クラシナ。あの娘《こ》、勝手にへまして消えちゃったみたいだわ」

箱庭ではよく起こることだ――酔蓮の美意識に反した行動を起こした者は、無条件に処理されてしまうのだ。

しかし酔蓮は次の瞬間、視界の隅《すみ》に見覚えのない新たな輝きを認め、目を瞬《まばた》かせた。

先ほどまでは確かになかった光がひとつ――酔蓮は顎《あご》に手をあて考えこんだ。

「まさか……あの娘を追いかけてきた？　いったい誰の入れ知恵かしら……？」

酔蓮の箱庭のことを知る者は限られている――その内の誰かが人間に口を滑らせたのだとしたら……後日相応の礼をしなくてはならない。

まあ――しかし、だ。

「心配するまでもないことよね」

あっさりと酔蓮は不安とも呼べぬ淡いものを振り切った。

彼女の箱庭に入れる資格を持つ者は、その資格ゆえに決してそこから抜け出すことはできないようにできているのだ。

だから、たとえ誰の入れ知恵があろうとも絶対に大丈夫――箱庭の鍵が開かれることは決してあり得ない。

「そんなことより、あの娘だわ。リーヴシェラン、ね。今度はどんな決断を見せてくれるのかしら……？」

楽しみだわ、とつぶやいて、酔蓮は再度鏡に目を向けた。

深い霧が立ちこめる森をひとりで進む少女の姿に、彼女の口元は知らず緩むのだ……。

3

屋敷を出てからそろそろ一刻が過ぎるだろうかという頃、リーヴシェランは『深い森の中に建つ繊細《せんさい》で瀟洒《しょうしゃ》な屋敷』に次いで怪《あや》しい建物に行き当たっていた。

今度は『深い森の中に建つ異様に重厚な平屋作りの建物』だ。

建築様式が全《まった》く違うその建物は、あの屋敷同様非常に怪しくリーヴシェランには感じられた。

しかし、内部に人間の気配《けはい》がある以上、素通りするのは得策ではないからと、無理矢理自分を納得させて足を踏み入れた彼女は――心底後悔した。

そこは――図書館だった。

多分、恐らく――ぎっしりと並ぶ書棚に詰め込まれた書物の量の半端でなさがそれを示している……と思う。

なぜ確定ではなく推定なのかといえば、そこに集《つど》っている者たちの様子が皆一様に――

——異様だったからだ。

ここが図書館である以上、皆が書物と向き合っているのはおかしくない。そのほとんどが書物を傍《かたわ》らに何か書きつけているのも決して奇妙な光景ではない。

しかし、その量が半端ではないのだ。

床の上に散らばるぎっしりと文字に埋められた紙の束は、いったいどれほどの時間をかけて書かれたものか想像もつかない量だ。

埃《ほこり》を被《かぶ》っている様子もないから、定期的に整理されているのだろうが、それにしてももとんでもない勢いで増えていくのを、リーヴシェランは言葉もなく見つめていた。

学者が一心不乱に研究に取り組むことは知ってはいたが、これだけの人数がひとつところで黙々とペンを動かす様子は、はっきり言って不気味な迫力を醸《かも》し出している。

こ、これは声をかけるにかけられないというか、かけたくないというか……。

思わず一歩後ずさりながら、リーヴシェランがそう思った時のことだ。

それまでひたすらにペンを動かしていた男のひとりが立ち上がり、奇声を上げた。

「やったぞ！」

声には異様な熱がこもり、その瞳《ひとみ》はぎらぎらと輝いていた。

「やったぞ！　証明完了だ！　やった、やった……見ろ！　わたしは間違っていなかった……

わたしの研究を馬鹿《ばか》にしたやつらめ、見るがいい！　わたしは正しかった！」

極度の興奮状態にあるらしい男が叫んでいるというのに、周囲の男たちはぴくりとも反応しない。

なに、ここは……この人達は……!?

リーヴシェランの背中に冷たいものが流れる。

おかしな空間だという認識はあった。そもそも魔性《ましょう》が関わっている以上、歪《ゆが》みを帯びた空気に支配されているのはある意味当然だともわかっている。

けれど、今目にした光景は——薄ら寒さを感じさせるこの場の静まりかえった空気は何と表現すればいいのか。

いやだ……なんだか、恐い。

リーヴシェランがそう思った瞬間、立ち上がった男が図書館の入り口を目指して走り出した。

「見ろ、見ろ、見ろ！　わたしを馬鹿にしたやつらめ！　見ろ！　わたしは見事に証明したぞ！　これで世界が変わる……今度はわたしが光を浴びる番だ！　わたしこそが世界中の研究者たちの尊敬と憧憬《しょうけい》を一心に——！」

浴びるのだ——と、男は叫びたかったのかもしれない。

だが、途切れた声は続くことはない。

男の足が図書館の扉を一歩踏み出したところで、その体が塵《ちり》かなにかのように一瞬にして霧《む》散《さん》したのだ！

その異常な消失に、しかし図書館に集う男達は驚いた様子ひとつ見せない。

かりかり、かりかり――その空間を満たすのは、ペンを滑らせる音と書物のページをめくるそれ。

そして――。

「馬鹿が」

男のひとりがぽつりとつぶやいた。

「学究の徒が恨《うら》みや名声欲に囚《とら》われるものだから……」

別の男が忌々《いまいま》しげに続ける。

「素直に研究の完成を喜んでいればいいものを……見ろ、おかげでこちらは良い迷惑だ」

そう洩《も》らしながら、男が背後――書き付けを落とした床に視線を投じた。

つられたように、そちらに目を向けたリーヴシェランは、先ほどまで床を覆い尽くしていた紙の束が綺麗に消え去っていることに気づき、慄然《りつぜん》とした。

「あの馬鹿のせいで全部台無しだ。わたしのほうももう少しだったのに」

いくつもの声が賛同する。

「わたしもだ」

「わたしはあの馬鹿の証明方法を知りたかったな。せめて成果を披露《ひろう》してから消えてくれれば良かったのに……」

「大丈夫だ。ここにいれば、いずれは誰かが完成させるだろう。願わくば、浅はかな欲に取り憑《つ》かれることのない男にやってもらいたいところだな」

「同感だ」

「さて、またやり直しか、面倒《めんどう》なことだ……」

ため息まじりの老人の声を最後に、図書館は再び沈黙に包まれた。

目にしたこと、耳にしたこと――全《すべ》てが恐ろしいものにしか感じられず、リーヴシェランはそろりと足を外に向けた。

一刻も早くここから離れなければと思った。

そうしなければ、この場の歪んだ空気に捕まってしまう、と。

本能的に恐怖したのだ――。

※

どくどくと、胸が苦しいぐらいに激しく脈打っている。

知らず我が身をかき抱きながら、リーヴシェランは図書館から足早に離れた。

あれは……あそこに集うひとたちは何なのだろう？　なぜ、ひとが突然消失したことに何の驚きも示さないのか。

消えた床の書き付けは何を意味するのか。

わからない……わからないが、ひとつの可能性が浮かび上がり、だからこそリーヴシェランは恐ろしくてならないのだ。

自分があの屋敷で目覚めたのは今朝のことだ……それは間違いのない事実だ。そのはずだ。攫《さら》われて、それほど時間は経《た》っていない。そのはずなのだ！

けれど、先ほどの光景が目に焼きついて離れない。

消えた人間、消えた書きつけ――誰も慌てず黙々とペンを滑らせていた男たち。

あれは慣れによる反応ではなかったのか。彼らはああしたことをすでに何度も経験し、だからこそ感覚が麻痺《まひ》してしまったのではないだろうか⁉

消えた書きつけ――本当に、一瞬で消えてしまった。まるで初めからそこになかったかのように……時が戻ったかのように。

浮かんだ考えに、リーヴシェランはぶるりと身を震わせた。

恐ろしすぎる考えが胸に浮かんで消えてくれない。まるで毒のように、じわりじわりと恐怖で心を染め上げていく。

「いいえ、いいえ！　わたしがあの屋敷で目覚めたのは今朝が初めてよ！　忘れてなんかいない……わたしは確かに昨日まで浮城《ふじょう》で、彩糸《さいし》と一緒に……」

一所懸命記憶を辿《たど》るのは、自分は間違っていないと確信したいからだ。

疑いを晴らしたいのだ――この時すら歪んだおかしな空間に自分は囚われてまだ間がないのだと、忘れただけで同じ一日を繰り返しているわけでは決してないのだと。

はっきりと、信じたいのだ。そうできるだけの確固たるものが欲しいのだ。

そうでなければ……。

「駄目よ、駄目。心を折っては進めない……やれることは全部やって、絶望するのはそれからでも遅くないんだから！」

考えてはいけない――自分がすでに長いこと、ここに囚われているかもしれないだなんて。

考えてはいけない――外の世界では、長い時が流れ、すでに自分の知るひとたちは世を去っているかもしれないだなんて。

この空間では閉じられた時間が永遠に回り続けているかもしれないだなんて！

「信じないわ……冗談じゃないわ。わたしはこんなところで永遠に歩き回るのも、突然消えちゃうのも御免《ごめん》なんだから！　わたしは、ずっと彩糸と一緒に浮城で……サティンやセスランや……………と、一緒に……」

生きていくのだ。

譲《ゆず》れない望みだ。こんなことで挫《くじ》かれてなるものか。

だから、泣きそうになっても泣いてはいけない。泣いて感情を吐き出すのも時には有効だが、今は絶対に違うのだから！

「よし！」

ぱん、と両手で頬《ほお》を叩《たた》き、リーヴシェランは自分に活《かつ》を入れた。

少しばかり力が入りすぎたらしく、頬がひりひりしたが座り込んで泣くよりはましだと自分に言い聞かせる——まあ、頬を赤く腫《は》らした姿は知り合いには見せられないとは思ったけれど。

「ま、すぐに腫れもひくわ」

そう呟《つぶや》いて、リーヴシェランは再び歩き始めた。

正直、この空間から抜け出すためにどこを目指せばいいのかはわからない。だが、立ち止まっては永遠に抜け出せない。ならば前に進むしかないではないか。

「まずは、最初に決めた通り森の外れを目指してみて、それで駄目だったら……その時考えればいいわね。とにかく立ち止まらなければなんとかなるでしょ」

あえて楽観的な台詞《せりふ》で自分を励まし、「彩糸だってきっとそう言ってくれるわ！」と自分に言い聞かせたその時のことだった。

「なーんで、そこで彩糸の名前しか出さないかな」

森の木立の奥から、不機嫌そうな青年の声が聞こえてきた。

「え？」

耳に馴染《なじ》んだその声に、思わずそちらに目を向けたリーヴシェランは、木立から現れた予想外の人物に目を瞠《みは》った。

いつもとは違う姿を纏《まと》っているのだ——けれど、それが誰かなんてリーヴシェランが間違うはずがなかった。

自分のものより少し淡い金の髪をくしゃくしゃにかき回しながら、青灰色《せいかいしょく》の瞳《ひとみ》の青年がゆっくりと近づいてくる。

「……なに、ほっぺ真っ赤に腫らしてんだ？　彩糸が見たら激怒《げきど》すっぞ」

この馬鹿《ばか》娘——。

いつもいつもいつもいつも——憎まれ口しか叩かない相手に会ったのが、どうしてこんなにも嬉しく感じられてならないのか。

ぽろり、と涙が一粒こぼれた。

※

鏡はリーヴシェランの蒼白《そうはく》な顔を映し出していた。

書物の館で目にしたものに、少女はずいぶん動揺したらしい。

「気丈に振る舞ってはいても、実際に人間が消えるのを見ては仕方ないわね。頭の良い子だからなおさら不安を覚えて……可愛《かわい》いわ。それにやせ我慢する意地っ張りな性格も素敵」

本当に気に入ったわ――。

鏡の前で、酔蓮《すいれん》はうっとりとリーヴシェランの様子を見守っていた。

書物の館は酔蓮が用意した罠《わな》のひとつだ。森羅万象《しんらばんしょう》に繋がる世界中の書物が詰め込まれたこの館に足を踏み入れた知識人は、二度と館から離れられなくなる。いわば知識欲の虜《とりこ》と化してしまうのだ。

数多《あまた》の欲の中、酔蓮は知識欲に関しては厭《いと》ってはいない。貪欲《どんよく》に知識を求める人間のことは好ましく思っている。

だから、彼らには永遠にでもそこに在《あ》りたいと思わせる場所を用意してやったのだ。

彼らは酔蓮の狙い通り、学問に勤《いそ》しむ日々を満喫《まんきつ》している。現世では叶わぬ夢が、この鏡の森ではかなうのだ――そんな彼らの姿を時々覗《のぞ》くのが、彼女の楽しみのひとつだった。

しかし、いくら純粋な学究の徒でも人間である以上、全《すべ》ての欲からは逃れられないのか、学者たちの中には、時折先ほどの男のような者が現れる。

名誉欲など酔蓮が最も嫌うところであるというのに――だから、そうなった者にはさっさと消えてもらうのだ。間違っても他の者に悪《あ》しき影響を与えないように。

「ただ、あの子の前で消してしまったのは失敗だったかしら？」

そう思ったのは、不安や絶望が容易《たやす》く人間の心を歪《ゆが》めることを知っているからだ。

最近では珍《めずら》しい綺麗な娘なのに、そんなもののせいで美しさが損《そこ》なわれてはつまらない……いっそ彼女の記憶の一部を消してしまおうかと考えたとき、リーヴシェランは自らに活を入れた。

その健気《けなげ》な姿に酔蓮はますます少女を好きになった。

もう、これ以上あれこれ試すのはやめて、扉を開けてあげようかしらとさえ思った。

綺麗な綺麗な金色の小鳥――彼女なら…………に相応《ふさわ》しい。

「そうね、そうしましょうか……」

早く実際の彼女を見たい。

扉を開けるべく、鏡に手を伸ばした時――鏡の向こうで異変が生じた。

映像が揺らぎ、ぼんやりと紗《しゃ》がかかったようになってしまったのだ。

「なんなの？」

不快も露《あらわ》に酔蓮は呟いた。

4

「ザハト……」

零《こぼ》れた涙を慌《あわ》てて手の甲《こう》で拭《ぬぐ》いながら、リーヴシェランは呼びかける声が震えないように力をこめた。

不覚だ——一生の、とつけてもいいぐらいかもしれない。

こいつの前で泣くだなんて！

後日絶対からかいの種にされるに決まっている。冗談ではない。ここは目にゴミが入ったか、いっそ相手の勘違いだという線で押し通そう。

先ほどまでの不安が嘘《うそ》のように、どうでもいいことに気が取られるのだって、ザハトが現れたからではない。自分がようやく落ち着きを取り戻しただけだ。

そうに決まっている——というより決めた。

この相手にだけは弱っている姿なんて見せたくない。なんだか負けたような気になって悔《くや》しくなるから、絶対にそんなことしない。

そんなことを思いながら、リーヴシェランは現れた青年に呆《あき》れたような声をかけた。

「あなた、こんなところで何やってるのよ？　まさかと思うけど、あなたまでへまやってここに連れて来られたとか言わないでしょうね⁉　あ、もしかして彩糸《さいし》がちょっと留守でもして、その間のこと頼まれてたくせに、一緒に誘拐されちゃったとか……？」

そうだったら遠慮なく笑ってやるわ。

かなり酷《ひど》い内容の台詞《せりふ》が、考えもしないのにぽろぽろ零れてくる。相手を傷つけるつもりはないのだが、どういうわけか彼が相手だと言葉選びがこういう感じに揃《そろ》ってしまうのは……まあ相性なのかもしれない。

「そうだったら使えないわねー」

憎《にく》まれ口を叩きながら、リーヴシェランは次に来るだろう相手からの口撃に対して身構えた。

真っ先に腫《は》れた頰《ほお》のことをからかってくるぐらい、ザハト——いつもは魔性《ましょう》姿で邪羅《じゃら》と呼ぶことが多いのだが——も、けっこういやなところを突いて来るのだ。

要は子供だってことなのよね、大人の余裕がないというか。

自分のことは高く棚に上げて、リーヴシェランはそう分析する。

果たして、ザハトはため息まじりに触れられたくないところにまたしても触れてきた。

「目ぇ赤くしてんのに、相変わらず憎まれ口が止まらないなんて、お前ほんとに負けず嫌いだよなー。別に感動して抱きついてきてくれてもおかしくない場面だってのに……」

泣いたことをしっかり気取られ、しかもとんでもない言葉を続けられ——リーヴシェランは先ほどの比ではなく顔が赤くなるのを覚えた。

怒りゆえに、だ。

「なにが感動の場面よっ！　これがあなたじゃなくて彩糸だったら、わたしだって感涙にむせびながら抱きついたわよ！　大体、あなたのことなんて呼んでないし」

勝手に話を作らないでちょうだい！

ぎりっと睨《にら》みつけてそう言うと、ザハトが困ったように鼻の頭を掻《か》いた。

「……なによ」

何か言いたげなのに何も言おうとしない相手をつい促してしまうのは、言われなければ言われないで気になるからだ。

「いや、別に？」

「別に、じゃないでしょう？　ほんとに何でもないんなら、変な素振りしないでちょうだいよ」

「いや、うん……顔真っ赤にしてどんな時でも強気を忘れない向こう見ずなとことかさ、見てたらやっぱり本物はこうでなくちゃなーと素直に感動してただけ」

言われてリーヴシェランは思わず首を傾《かし》げてしまった。

本物？

何を言っているのだろうか、この青年は。

「はあ？　なに、わたしの偽者にでも会ったみたいなこと言ってるのよ」

そんなことより――と続けようとしたリーヴシェランに、しかし驚いたことにザハトはうんと頷《うなず》いたのだ。

「会った。お前の偽者……っていうか、素直に名前ぐらい呼んでくれないかなーっていうささやかなおれの願望に反応して現れたお前の幻覚《げんかく》に。やぁ、その幻覚のお前のもう素直なこと素直なこと。これは夢かと……あ、悪いほうのな……ほっぺた思わず抓《つね》るぐらい。うん、やっぱ本物のほうがいいよな。時々口の端《はし》を思い切り引っ張ってやりたくなるけど、そんくらい愛嬌《あいきょう》ってもんだし」

なにげに酷いことをつらつらと言ってくれる青年である。

「あなたがわたしのことを常日頃どう思ってるかが如実《にょじつ》にわかる答えをありがとうっ！」

叫びながら、リーヴシェランは思いきりザハトの足を踏みつけた。

「痛いじゃねえか」

「痛くなかったら拙《まず》いでしょ！　これが夢じゃない証拠よ、ありがたいと思いなさいな！」

夢でもないのに幻覚見るだなんて、けっこう危険かもしれないけど？

そう言い添えた時のことだ、ザハトが「それ、それなんだ！」と口を挟《はさ》んできた。

「それってなにが？」

青年の言いたいことがまるでわからない。

本当に頭は大丈夫だろうか——等々、こちらも相当失礼なことを考えていると、ザハトが意外なことを言い出した。

「だから、夢なのに痛覚や嗅覚《きゅうかく》まであるってあたり、この森作ったやつ、相当な実力者だってことだろ？　……って、お前なに鳩《はと》が豆鉄砲を食らったような顔してるんだ？」

本気で不思議そうに尋《たず》ねてくる青年に、リーヴシェランは混乱した。

夢？

自分がここにいるのは夢にすぎない？　いやそれはおかしい。

だって夢なら彩糸がそばにいないはずがないし、呼んだのに来ないだなんて絶対ありえないし、第一図書館での……あんな悪趣味な夢なんて、わたしが考えつくとは思えない。

「なに言ってるの？」

心底意味がわからず、そう問いかけると、ザハトは驚いたように目を瞠《みは》った。

「なにって……もしかしてお前、ここに飛ばされたきっかけ、忘れてんのか⁉」

「そんな、何を忘れてるっていうのよ、大体わたしは気づいたらこの森の奥の屋敷の寝台に横たわってたのよ、眠ってる間に何が起こったかなんて……」

わかるわけない——と続けようとしたときだ、不意に脳裏《のうり》にひとつの映像が過《よぎ》った。

祖国の知りあいから届けられた荷物——綴《つづ》られた長い手紙。同封されていたのは……あれは。

「あ……」

声を上げた瞬間、そのときのことが走馬燈《そうまとう》のように甦《よみがえ》った。

それは昨日の午後のこと——。

※

浮城《ふじよう》における手紙や荷物のやりとりは、月に一度か二度がせいぜいだ。

何しろ名の通り空中に浮かぶ巨大な岩をくりぬいて作られた浮遊城砦《ふゆうじようさい》なのだから、地上の人間が普通に届けられるものではない。

各地の転移門宛に届いた手紙や荷物は、ある程度数がたまった時点で浮城に転送される。だから月に一度か二度がせいぜいなのだ。

その、限られた機会にほぼ毎回、祖国からの手紙——差出人は大抵《たいてい》は兄のソルヴァンセスだ

——を受け取っているリーヴシェランだから、その日、手紙だけでなく荷物が届いていたことに関して、特に何も感じなかった。

ただし、それは送り主の名を目にするまでのことだった。

荷物を送ってきたのは兄ではなかったのだ。

「ルーネマリーナ……って、やだ、小さい頃わたしのこと『取り替えっ子』とか呼んでさんざん小突《こづ》いてくれたいじめっ子じゃない！」

当時お気に入りの絵本に載っていた話——確か悪戯《いたずら》好きな魔性が人間の赤ん坊に化けて普通の赤ん坊と入れ替わるとかいう内容だった——を真に受けて、魔性に好かれるような子供は魔性が化けている取り替えっ子に違いないと言いがかりをつけてくれたのだ。

正体を現せ、さっさと出て行って本当の公女《こうじょ》さまを返せ——今思えば罪のない子供のやることではあったが、やられた当人にとっては大変な災難だった。

一度など、こっそり遊びに来ていた妖鬼《ようき》がその現場を目撃してしまい、殺してやると息巻いて襲いに行こうとしたのだ。宥《なだ》めるのが大変だったことをはっきりと覚えている。

ルーネマリーナと会ったのはその一時期だけで、その後交流は一切なかった。季節の折々に文《ふみ》のやりとりなどという友好的関係には到《いた》らなかったのだ。

そんな彼女からの荷物とあれば、首を傾《かし》げるのも当然だった。

がさがさと包みを開ければ、両手におさまる程度の木箱と分厚い封筒が入っている。

ここはまず手紙が先だろうと、封を開けてみると、そこにはぎっしりと文字が書き綴《つづ》られていた。

ひどく感情的な文章は、ところどころ破綻《はたん》しており、要点を掴《つか》むのに苦労させられたが、要約すれば『同封の品のせいで友達が眠ったまま死んでしまった。きっと魔性に関わりがある品に違いないのに、誰も信じてくれない。だから浮城で処理して欲しい』という内容だった。

文章から受ける印象として、ルーネマリーナの思い込みの激しさは今も健在のようであり、確かにそんな彼女の言葉に真面目《まじめ》に耳を貸す人間はあまり多くはないだろうと読み取れた。

ルーネマリーナの気持ちは痛いほどに伝わってくる手紙だったが、読んだリーヴシェランがため息を洩《も》らしたのは無理のない話だった。

「誰も相手にしてくれないからって、昔さんざん虐《いじ》めた相手に送りつけるというのが……何を考えてるんだか」

だが、それだけ相手が必死なのも理解できるから、無碍《むげ》にもできない。

「ま、一応調べるだけ調べてあげましょうか……どうせ異状なしでしょうけど、浮城でそう保証されたらさすがに納得してくれるでしょうし、ね」

「何かしら……」

ああ、わたしって心が広い——などと自画自賛しながら、リーヴシェランは木箱に手を伸ばした。

この時——彩糸は彼女のための菓子を用意するために隣接した簡易厨房《ちゅうぼう》に籠《こ》もっていたのが災《わざわ》いした。

リーヴシェランは、本当に何も考えず木箱の蓋《ふた》を開け、そうして中におさめられていた金色の手鏡に触れてしまったのだ！

その瞬間、体中の力が鏡に吸い込まれるような気がして……そうして、そうして、気づいた時は。

「……そうか。だから、目が覚めたときあの時の服のままだったんだわ」

ぽつりと洩らした一言に、ザハトががくりと肩を落とした。

「自分がやらかしたへまを思い出しての開口一番がそれかよ……」

心底呆《あき》れたとでも言いたげなその態度に、リーヴシェランはつんと顎《あご》を逸《そ》らした。

「反省するわよ。彩糸にも心配かけたみたいだし……」

敢《あ》えて目の前の相手に対するコメントを控えると、やはりというか子供っぽい上級魔性——今は人間の姿だが——は拗《す》ねたように唇《くちびる》を尖《とが》らせた。

「ちぇーっ、おれには一言もなしかよ」

不満そうに顔を歪めていたザハトだが、次の瞬間青灰色《せいかいしょく》の瞳に悪戯っぽい光が宿った。

そして——彼はろくでもないことを言ってくれたのだ。

「ま、いいか。鬼の目の涙程度には珍《めずら》しいもの見せてもらったし……」

酷い言いぐさだが、彼が言わんとしているところは明白で——。

だからリーヴシェランは考えるより先にこぶしで青年の頭を殴りつけていた。

※

これが、夢……。

リーヴシェランには俄《にわか》には信じられない言葉だった。

ザハトのからかう言葉があまりに癇《かん》に障《さわ》るものだったから、思わず手が出てしまったのだが
……少し冷静になってみれば、見えてくるものが出てくる。

だって、視覚や聴覚はともかく触覚も嗅覚も働くし。

普通夢では痛みや匂いは感じない。だから、ザハトの足を踏んづけたのだし、相手が痛みを訴えたことでこれは現実なのだと認識したのだ。

なのに、ザハトはこれが夢だと言うのだ。

痛みも匂いも感じるリアルすぎる夢なのだと。

その言葉の意味するところは——そうして、リーヴシェランはルーネマリーナからの手紙の文面を思い出した。

同梱《どうこん》されてきた手鏡のせいで、友人が眠ったまま死んでしまった——確かにそう書いてあった。

だとしたら、今ここにいる自分という存在は——。

「え、と……もしかして、わたしの体ってば眠ってたりするわけ?」

その言葉に対するザハトの反応は呆《あき》れ果てたと言わんばかりのものだった。

「あー、眠ったというより昏睡《こんすい》状態もしくは仮死状態。自発的に食事摂《と》ってもくれないもんだから、放って置いたら遠からず死亡確定って状態? ま、彩糸が必死に気を送りこんでるし、お前もともと生命力強いから、数日でどうこうってことにはならないだろうけど、合流するのが遅れたらどうなってたかわからないな」

まー、結果良ければ全《すべ》て良しってことで——。

めでたしめでたし。

強引に締めくくろうとするザハトに、リーヴシェランは次の瞬間噛《か》みついていた。

「全然めでたくなんかないでしょう!? じゃあ、ここに……この森で出会った人たちの肉体は……!?」

リーヴシェランの脳裏に甦るのは、森のなかの屋敷で出会ったクラシナという少女、図書館で一心不乱にペンを走らせる異様な気迫を放つ男たち――ここが夢の世界であるのなら、彼らの現実世界における肉体は、一体どうなっているというのか。

考えるのが正直恐かった。

ルーネマリーナからの手紙には、知り合いの少女が眠ったまま死んだのは最近のことだとあった。当然だ、ザハトの言葉通りなら、栄養を摂取《せっしゅ》できない肉体は早晩その活動を止める。

だが、クラシナにしろ図書館に集っていた男たちにしろ、随分《ずいぶん》長いことこの空間にいるように見受けられた……だとしたら。

そんな彼女の心中を読み取ったように、ザハトがかりかりとこめかみあたりを指で掻きながらぽつりと洩らした。

「……まあ、お前の考えてる通りじゃないのか……？」

否定ではないその言葉に、リーヴシェランは頭を固く目を瞑《つむ》った――。

※

「あら、ばれてしまったわ。困ったこと、追いかけてきた坊や、いったい誰にここのことを聞

いたのかしら」

夢だとは思えない空間を作り上げるのは結構大変だったのだ。

それを余所《よそ》から来た人間に暴露《ばくろ》されるのは正直面白《おもしろ》くない。

ない、が……。

「それにしても——」

少し鏡の映像が乱れた間に、少女の連れになった青年をまじまじと酔蓮《すいれん》は凝視した。

魔性《ましょう》は夢を見ない。だから彼女の夢の箱庭に招かれるのは人間の魂《たましい》だけだ。

そして、肉体を離れた魂というものは、その者本来の資質や輝きをそのまま放出しているのだ。美しい魂とは、酔蓮の目には本当に美しく見えるのだ。

肉体がどれほど美しくとも、中身が同じく美しいとは限らない。そういう意味で、このふたりは稀有《けう》な存在と言えた。

感心するぐらいに、ふたつとも綺麗な魂だったのだ。

「類は友を呼ぶとはこのことかしら？　綺麗な魂の持ち主のそばには、やっぱり綺麗な魂の主が集うということかしら……だとしたら、この娘の周囲をもっと詳しく調べて見ても面白いかもしれないわね。ああ、でもそんな先のことより、まずはこのふたつだわ」

どうしようか、と酔蓮は思案する。

ふたつとも文句なしに美しい――気に入りの装飾品に宿したならば、どれほど魅力的な輝きを放つことだろう。

そのさまを想像するだけで胸が躍《おど》った。互いに憎からず思っているようだから、対《つい》の品にでも宿してみようか――それとも、常に相手を想《おも》うように、決して互いを感じられない別々の場所にある小物に封じこめようか？

考えるだけでも楽しい。

だけど、と酔蓮は思わずにはいられない。これは性《さが》というものだ。

どちらも劣らぬ輝く魂――あえて甲乙をつけるなら、どちらがどれぐらい優れているのか
……それを、知りたい。

この先双璧《そうへき》が同時に手元に転がり込んでくることはないだろう。

今しかないのだ――そう思えば、もう我慢できなかった。

駄目だわ、この誘惑には抗《あらが》えない。

酔蓮はこくりと喉《のど》を鳴らし、鏡中のふたりをじっと見つめた。

ちらりと舌《した》で唇を舐《な》めると、期待に震える声でふたりに声をかけた。

『そこから出してあげられるのは、ふたりの内ひとりだけ……さあ、あなたたちは自分と相手、どちらを選ぶ？』

5

妖貴《ようき》酔蓮《すいれん》が作り上げた鏡の森に、涼やかな少女の声が響《ひび》き渡る。

『……さあ、あなたたちは自分と相手、どちらを選ぶ？』

残酷《ざんこく》な問いかけに、しかし少女と青年は葛藤《かっとう》する素振りさえ見せずに即答した。

「わたしに決まってるでしょ！」

「おれが出るに決まってる！」

この答えに、鏡を前にした酔蓮は少なからず落胆《らくたん》を覚えた。

どれほど清廉《せいれん》な魂《たましい》の持ち主でも、人間というものは最後の最後で自分を選ぶことが少なくない。

そのことを酔蓮はこれまでいやというほどに見てきたというのに、どうしてこのふたりがそうしたからと言って、裏切られたように感じてしまうのか。

ああ、試すのではなかったわ。あんなにもどきどきわくわくしたのが嘘《うそ》のよう……こんなことなら、ふたりともさっさと対《つい》の宝石にでも封じてしまえばよかった。

だが、今となってはその気にもなれない。

確かにふたりは想《おも》い合っているように見えた……だからこそ、葛藤や逡巡《しゅんじゅん》を経《へ》て導き出す答えを見てみたかったというのに。そうすれば少なくともひとつは喜んで手元に迎え入れただろうに……。

残念でならない。けれど、こうなった以上はふたりとも廃棄《はき》するしかない。こんな汚点を晒《さら》した魂を身近に置いて愛《め》でる気には到底《とうてい》なれないのだから。

本当に残念だわ――吐息まじりに酔蓮がふたつの魂を消滅させようとした時のことだった
――ふたりが、またほとんど同時に意外なことを言い出したのだ。

「おれが先に出てって、安全かどうか確かめてから引っ張り出してやるって言ってるんだよ！」

おかしなことを言い出す青年だ。

だが、おかしなことを言うのは彼だけではなかった。

「それこそわたしの台詞《せりふ》だわ！　まずわたしが先に出て、……を呼んで安全確保してからあなたを自由にしてあげるって言ってるんじゃないの！　ひとのこと迂闊《うかつ》だって言うけどね！　わたしから見ればあなただって充分に迂闊くんよ！　大体自分が……だってことに十年以上気づかないなんて、迂闊以外のなんだって言うの⁉」

ところどころ音が拾《ひろ》えないが、言わんとしているところは通じる。

何という無邪気なふたりなのだろう――自分を出し抜くつもりでいることを隠そうともしないふたりのやりとりに、酔蓮は怒りより呆《あき》れを覚えた。

大体、このふたりはこれが魔性の……妖貴の仕掛けた罠《わな》だとわかっているのだろうか⁉ いや、尋常《じんじょう》でない空間だとは察しているようだから、魔性の仕業であることは理解しているはずだ。まさか妖貴の術とまではわかっていないかもしれないが……それでも怯《ひる》まず出し抜くつもりでいるあたり、とんでもない自信過剰な人間だ。

あまりにも意外な強気発言に、酔蓮は呆気《あっけ》にとられてしまった。

しかも、そうしてもう一度よくよくふたりを見れば、先ほどは読み取れなかったことが見えてくる。

彼らの言葉は、普通に考えれば相手を騙《だま》し自己の安全を図る上での方便にしか聞こえない。誰が聞いてもそうとしか思わないだろう……けれど、ふたりは。

このふたりは。

互いが本気で言っているのだと信じて疑っていないのだ。そして驚くことに、それは全《まった》くの事実なのだ。

「……信じられない」

思わず酔蓮は呟《つぶや》いた。

信じられない大馬鹿者《おおばかもの》だ、と。

けれど、ただの馬鹿ではない。ふたりともここに来るまでに、鏡の森に仕掛けられた罠《わな》にひとつも引っかかってはいないのだ。

細心の注意を払っていなければ、欲にまつわる罠を看破《かんぱ》することは難しい――このふたりは明らかに、無邪気さのみで数々の仕掛けを乗り切って来たわけではない。

ぞくりとするものを、酔蓮は覚えた。

こんな魂は、見たことも聞いたこともなかった。こんな強《したた》かでありながら純粋で、真っ直ぐな魂など。

欲しい。

どうしても、この魂が欲しい。

食い入るようにふたりの様子を見つめながら、酔蓮は決断した。

これは、決して逃せない。

と――。

『わかったわ』

興奮状態にあることを綺麗《きれい》に押し隠して彼女はふたりに語りかけた。

『……本当にわかりにくい上に傲慢《ごうまん》なまでに自信過剰だけれど……あなたたちが心底お互いを気遣《きづか》っていることはよくわかったわ。驚いた……あなたたちのような人間もいるのね。だから、特別にふたりとも外に出してあげる』

鏡ごしだったが、少女も青年も驚きに目を瞠《みは》っているのがわかった。

その驚きすら真実だと伝わってくるから、酔蓮は愉快《ゆかい》で仕方なかった。

なんて素敵なふたつの宝石《たましい》——朽《く》ちることなく永遠に、この身を飾ることを許してあげよう。

きっと生涯《しょうがい》、これ以上に気に入るものは見つからないと確信できてしまうから。

だから——さあ、至宝をこの手に摑《つか》み取ろう。

うっとりと、酔蓮は鏡のなかに力を注ぐ。

ふたりの前に、現れるのは光の円陣——鏡の森を作り上げた酔蓮にだけ開くことのできる夢と現実《うつつ》を繫ぐ橋だ。

『さあ』

微笑《ほほえ》みながら、彼女は甘く囁《ささや》いた。

『その光の輪のなかに入りなさい——』

早く――早く。

酔蓮の思いが伝わるはずがないが、なぜかふたりはすぐには動こうとしなかった。

しかし、それは僅《わず》かな躊躇《ちゅうちょ》がもたらした決して長くはない間に過ぎなかった。

意を決したように、最初に動いたのは青年のほうだった。

『ザハト！』

まだ躊躇《ためら》いが残るのか、焦《あせ》った声で呼びかける少女を放って、青年が決然たる足取りで光の輪の内側に入ってきた。

それでいい――酔蓮は残る少女が動くのを待った。

だが――。

その瞬間は訪れなかった。

光輪に入った青年が、してやったりとばかりに口元を歪《ゆが》めたかと思うと、信じられない行動を取ったのだ！

『やったぜ、ようやく外に繋がった！』

叫ぶなり、青年の体から人間ではあり得ない藤《ふじ》色がかった銀の光が放たれる！

「な、なに!?」

酔蓮がたじろいだ一瞬の隙《すき》を突き、光は鏡から飛び出し、どこかへと飛び去った。

まずい――！

酔蓮は直感した。

あれは狼煙《のろし》だ――なんということだろう、青年はこうなることをあらかじめ知っていたかのように、用心深く外部との連絡手段を隠し持っていたのだ！

協力者は、恐らくは魔性――それも酔蓮を敵に回してもかまわないと判断するからには同格以上の妖貴に違いない。

「冗談ではないわ！」

せっかく見つけた至高の輝き――こんな魂を誰かに横取りされるなど到底《とうてい》我慢できることではない。

「それぐらいなら、いっそのこと――！」

青年もろとも壊してしまえ！

幸いふたりとも、まだ酔蓮の支配下にある――手強い敵が現れる前に、あの魂を砕《くだ》いてしまえば、少なくとも忘れられない悔《く》いを抱えることはない。

「壊してやるわ！」

鏡の森ごと――粉々に！

酔蓮がそう叫び、まさに力を放とうとした瞬間――空間が軋《きし》み、歪み、凄《すさ》まじい怒りの気を放つ何者かの力が、彼女の体を宙に浮かせたあと、床に叩きつけた！

しかも凄まじい力による攻撃はそれだけに留まらなかった。

一瞬ののち、仰向《あおむ》けに床に引きずり倒された酔蓮の腹部に、実体を持った女性の体がのしかかったのである。

その髪は虹色にきらきらと輝いている――美しい女だ。人間に似ているが、妖気をも帯びている。

それでいながら、女は魔性でもなかった。

これは……これは何者だ!?

屈辱《くつじょく》と衝撃に半《なか》ば混乱した頭で、酔蓮は必死に自問した――答えは、自分を冷ややかな怒りで以《もっ》て見下ろす女の双眸《そうぼう》を見た瞬間に与えられた。

人間とも魔性ともつかぬ不思議な気配を纏《まと》う女は、至上の紫紺《しこん》の瞳を持っていた。

「そうか……お前……お前は！」

噂《うわさ》にしか聞いたことはなかったが、酔蓮は自分の考えが正しいことを確信していた。

影を媒介《ばいかい》に他者を自作の人形に作り替える術――影糸《えいし》術。それを最も得意とするのは紫紺の妖主《ようしゅ》だ。

中でも有名なのは、かの妖主《きみ》が自《みずか》ら最高の作品だと認めた人形に、己《おの》が瞳の複製を与えたという話——妖主の手による最高の人形とは、一体どのような存在なのかと酔蓮も少なからぬ興味を覚えた。

その存在が目の前にいる。

たかが人間が前身であるとは信じがたい、強烈な力と美を纏《まと》った姿で。

だが、どうにも解《げ》せない。

紫紺の妖主の最高傑作《けっさく》が、どうして自分に敵意をむき出しにして襲いかかってくるというのか。

そんな酔蓮の疑問に気づいたのだろう——紫紺の双眸を与えられた人形は、うっすらと笑みを浮かべ、答えを口にした。

「我が君の許しを得て、わたしはかつて妹だった少女を守護しております。あなたは……わたしにとってかけがえのない宝物に手を出されたのですよ……いえ、それだけではない。あなたはあろうことか——」

女の言葉は、しかし鏡から放たれた強烈な光によって遮《さえぎ》られた。

驚きすぎると人間は頭が働かなくなると聞いたことがあるが、まさか魔性である自分にも同じことが起こるとは思わなかった。

それほどに衝撃的な光景が、酔蓮の前で繰り広げられたのだ。

鏡の森に繋がる唯一《ゆいいつ》の通路である鏡から、光とともに現れたのは彼女が初めて見る美しい青年だった。

柔らかそうな乳白色の髪、藤色がかった銀色の双眸——存在するだけで周囲を照らす眩《まばゆ》い光。

こんな存在が、どこにでも転がっているはずはなく、幸か不幸か、酔蓮はその色彩から喚起《かんき》される記憶を持っていた。

紫紺の妖主と白焔《はくえん》の妖主——世界に五人しか存在しない魔性の王のふたりの血を分け誕生した至尊《しそん》の子供がいるという……。

「まさか……」

呆然《ぼうぜん》として呟《つぶや》いた酔蓮に、強大な妖気をたたえる青年は、悪戯《いたずら》を思いついたような子供さながらの顔でにやりと笑った。

酔蓮が完全な敗北を受け入れたのはそのときだった。

何の運命の悪戯か——自分は決して手を出すべきではない相手に触れようとしてしまったのだ……。

エピローグ

「それで、あの手鏡が元凶《げんきょう》だったのは理解できたんだけど、あんな大がかりな空間作り上げて人間の魂集《あつ》めて、あの魔性……いったい何がしたかったの?」

うららかな日差しが射し込む浮城《ふじょう》の一室――リーヴシェランは彩糸《さいし》の淹《い》れてくれた紅茶を手に、事情説明を兼ねてつきあわせる格好《かっこう》になった邪羅《じゃら》に問いかけた。

彼女の魂が邪羅と彩糸によって鏡の森から救い出されてからすでに三日――いやというほど休息させられて、もうそろそろいいだろうと思ったのだ。

そんな彼女の問いに、邪羅は「うーん」と唸《うな》るばかりだ。

実のところ、彼にもよくわかっていないのだと知ったのは後日のことだ。

そんな邪羅の窮状《きゅうじょう》に、さりげなく救いの手を差し伸べたのは、焼きたてのマドレーヌを運んで来た彩糸だった。

優雅な手つきでリーヴシェランと邪羅の前に焼き菓子の載った小皿を差し出しながら、彼女は先日の迫力が嘘《うそ》としか思えない——もっとも、酔蓮《すいれん》に馬乗りになった姿を記憶しているのは邪羅だけで、その時魂を保護する力の膜に覆《おお》われていたリーヴシェランは覚えていないのだが——穏やかな笑顔でこう答えたのである。

「あの方は、綺麗《きれい》で純粋な人間の魂を収集するのが何よりの趣味だったらしいですよ」

その内容に、リーヴシェランは思いきり顔を顰《しか》めた。

「……それで、集めるだけ集めておいて、自分の眼鏡《めがね》にかなわないことしたら、これまた勝手に処分する……？　とんでもなく身勝手なやつね！」

ああ、あの時自分が魂だけでなく実体を持っていたら——と思わずにはいられない。

そんな身勝手で傍《はた》迷惑な魔性《ましよう》なら、あらゆる魅縛《みばく》の力を揮《ふる》ってでもこてんぱんにしてやりたかった。本来魅縛の力は相手を口説《くど》き落とすため……もとい説得するために用いるものだが、使いようによっては充分攻撃に転用できることを、リーヴシェランは先輩の魅縛師から教えられていた……その先輩も浮城史上最強と呼び声高い魅縛師の女性から伝授されたらしいのだけれど。

思わず握りしめた拳《こぶし》が震えているのに気づいたのだろう、邪羅が「まあまあ」と声をかけてきた。

「心配しなくても、魂集めに使ってた手鏡は全部回収するよう優しく言い聞かせてやったからもう新たな被害者は出ないし、あいつの指輪やら耳飾りやら小物入れやらに封じられてた魂はちゃーんと解放して輪廻《りんね》に戻してやったから、そうかっかするなって」

ぽんぽんと、頭を撫《な》でるのと叩《たた》くのの中間のような力具合で叩き撫でられてリーヴシェランはなんだか面白《おもしろ》くなかった。

その上、聞き捨てならない言葉を耳にしたような気がして……いや、だがそれ以前に抜け落ちている事態に気づいて、彼女は思わず問い返した。

「……あの森にいたひとたちはどうなったの？」

なんだか聞きたくないような気はしたのだ——それでも性格上、聞かずにおれなかったのだ……が、リーヴシェランは直後、そんな自分の性格を呪《のろ》いたくなった。

相変わらず、邪羅はのほほーとした口調でとんでもない答えを口にしてくれたのだ。

「一応訊《き》きはしたんだけどな、『お前ら、もう戻る肉体《からだ》はなくなってるけど、これからどうしたい？』ってさ。そしたら屋敷の女の子は『わたしはいついつまでも、未来永劫《えいごう》ご主人さまのためにこのお屋敷を守り続けます！』って即答。本だらけの館の連中に到っては『転生？つまりこれまで培《つちか》った知識を全《すべ》て失った上で、新たに文字から覚え直さなければならないと？冗談ではない！　そんな無駄なことに時間を費《つい》やせるか！』って、そらーもう、大変な剣幕でなぁ……」

がっくり肩を落として答える邪羅に、リーヴシェランもうんうんと頷《うなず》いて同意したかった。

クラシナはともかく……あの男達は学問馬鹿にも程があるだろうと言いたかった。

しかし、そこで一緒に脱力してやるわけにはいかない事情がリーヴシェランにはあった。気になることは、他にもあるのだ。

「じゃあ、指輪や耳飾り……って？」

「ほら、あいつが『外に出して上げる』って言ってただろ？　あれって、自由にして体に戻してやるってわけじゃなくて、自分の気に入った装飾品やら小物やらに気に入った人間の魂を封じて身近において愛《め》でるつもりだったらしいぜ？　おれはお前の魂封じた小物なんて、うるさくて愛でるも何もなさそうだけどなー」

ははは、と暢気《のんき》に笑う邪羅の姿に、リーヴシェランはいくららしくなかろうと、彼が魔性であることに代わりはないのだと痛感した。

それは、笑って言うことじゃないってば！

怒鳴りつけてやりたいけれど、糠《ぬか》に釘だったらさすがに悲しい――結局リーヴシェランは、自らの精神衛生を優先し……話題を微妙に逸《そ》らした。

「あの屋敷の調度も小物も……服に到っては眩暈《めまい》がするほど悪趣味だと思ったら、仕掛け人本人が心底趣味が悪かったのね」

そんな彼女の言葉に、同じくげんなりした顔で、邪羅が賛同の意を表した。

「あ、それは思う。だってなー、鏡の森でお前の偽者っていうか、幻覚《げんかく》見たって言っただろ？　そん時の服っていうのがさー、もうびらびらのひらひら？」

「それ以上言わないでいいわ。言ったら殴るから」

「何だよ、あの森で見たこと教えろって言い出したのはお前だろう!?」

「だからっ！　そんな聞いてて鳥肌立つようなことはわざわざ聞きたくないと言ってるのよ、わたしは！」

和やかな空気はあっという間に霧散《むさん》し、いつもの騒がし……もとい賑《にぎ》やかな時間が戻って来たのに、彩糸はひっそりと笑みを洩らした。

脳裏《のうり》に甦《よみがえ》るのは、今回の騒ぎの元凶となった妖貴の少女の言葉だった。

『最初は本当にがっかりしたの。あんなに綺麗な魂を持っているのに、「出してあげられるのはふたりの内のひとりだけだ」って言った途端、ふたりとも自分が自分がって言い出すんですもの』

けれど、すぐにそれが自分だけが助かりたいがための言葉ではないのだと気づいたと彼女は言っていた。

本当にふたりがともに助かるために、自《みず》らを先兵にしようとしていたのだと。心底相手を助けたいと思っていたのだと。

『だから……そのことに気づいたら、どうしてもふたりとも欲しくなってしまったの』

結局、二兎《にと》を追ってどちらも逃してしまったけれどね。

自嘲《じちょう》めいた笑みで告げられた酔蓮の言葉に、彩糸は胸の奥がつきりと痛むのを確かに感じた。

その理由も、本当はわかっている。

相変わらずの喧嘩《けんか》口調でやりとりするリーヴシェランと邪羅の姿を見守りながら、彼女は自らの狡《ずる》さを自覚しつつも願わずにはいられなかった。

可愛《かわい》い、愛《いと》しい、わたしの妹《リーヴィ》。

どうか、どうかもう少しの間だけ、恋する誰かではなく、姉であるわたしを一番に慕《した》ってくれる可愛い妹でいてちょうだい――。

人間の身で人形に変えられた女性が抱いた密やかな願いは、声になることなく胸の内に秘められたまま――。

それでもあと少しの間は、切なる願いは叶えられることだろう……。

あとがき

この本が発売される頃、暦《こよみ》の上での春はもうすぐ――でも実際は冬真っ盛りという状況だと思うわけですが、皆様如何《いかが》お過ごしでしょうか。

今日は、前田《まえだ》珠子《たまこ》です。

破妖の剣《つるぎ》外伝『紅琥珀《こうこはく》』をお届けします……うぅぅ、『鬱金《うこん》』じゃなくてごめんなさい。まだすぐには出て来そうにないとある人たちのツーショットを過去編なりとも書きたくなったんです。

収録されている三作の内、二作は雑誌コバルトに掲載していただきました。『鏡の森』はちょこちょこと手直ししてるので、雑誌を読んだ方はその違いを楽しんでいただけたらと思ってます。

しかし、今回の外伝の原稿を読み返してしみじみ思ったのは、破妖世界に『因果応報《いんがおうほう》』という言葉は存在しないということでした。いや、人間サイドにはけっこう働いてるかもとは思うのですが、魔性《ましょう》サイドには……。いや、それが働いたら、破妖世界で多分一番罪深い赤い男はどうなってしまうのかということになるわけでして……（苦笑）。

いや、そもそも魔性に甘い構造になっている世界だから、赤男がつけあがるんでしょうか……書き下ろし『紅琥珀』で一番凶悪な真似をしたのは、どう考えても彼だったと思うのはわたしだけではないはずだ！　――と思っているのですが、どうでしょう？

なのに一番美味《おい》しい思いを味わっている……気がします。

これが作者の気のせいかどうか、どうか読者の皆様のご意見をいただきたいところです。

今回もイラストの小島榊《こじまさかき》さんを始め、関係各所の方々には大変お世話になりました。この場を借りてお礼申し上げます。

次は一冊、破妖はお休みさせていただき、久しぶりに『聖石』の番外編を書く予定です。同じシリーズを続けて書いてると、ある時点で電池切れ状態に陥《おちい》るという作者の持病だと、あたたかい心でお許しいただければ幸いです。『聖石』本編も区切りのついたところで再開したいと思ってますので、今しばらくお待ちくださるとありがたいです。

それではまた、次の本でお会いできることを願って――。

平成二十二年　冬

前田珠子

※この作品はフィクションです。実在の人物・団体・事件などにはいっさい関係ありません。

まえだ・たまこ

1965年10月15日、佐賀県生まれ。天秤座のＢ型。『眠り姫の目覚める朝』で1987年第９回コバルト・ノベル大賞佳作入選。コバルト文庫に『破妖の剣』シリーズ、『カル・ランシィの女王』シリーズ、『聖獣』シリーズ、『聖石の使徒』シリーズ、『天を支える者』シリーズ、『空の呪縛』シリーズ、『ジェスの契約』『トラブル・コンビネーション』『陽影の舞姫』『女神さまのお気の向くまま』『万象の杖』『月下廃園』など多数の作品がある。興味を覚えたことには積極的だが、そうでない場合、横のものを縦にするのも面倒くさがる両極端な性格の持ち主。趣味と実益を兼ねてアロマテラピーに手を出したものの、今ではすっかり実益のほうが大きくなり、趣味とは言いがたくなりつつある。次こそは優雅な趣味を持ちたいと身の程知らずにも思っている。

——破妖の剣外伝——

紅琥珀《こうこはく》

COBALT-SERIES

2010年２月10日　第１刷発行

★定価はカバーに表示してあります

著　者　前田珠子

発行者　太田富雄

発行所　株式会社　集英社

〒101―8050

東京都千代田区一ツ橋２―５―10

電話　東京　(3230) ６２６８（編集部）

(3230) ６３９３（販売部）

(3230) ６０８０（読者係）

印刷所　大日本印刷株式会社

ISBN978-4-08-601373-4　C0193

破妖の剣 外伝
伝説級ファンタジー、
外伝で登場!!
言ノ葉は呪縛する
義父レンバルトを密かに想う
少女リエンカ。ある夜、レンバルト
が呪いを解くために自分を
養っている事を知ってしまい…？
前田珠子
イラスト／小島　榊
コバルト文庫
好評発売中